KB114575

아우스

마도 시대의 시작

FUSION FANTASTIC STORY

강준현 장편소설

아우스 : 마도 시대의 시작 8

강준현 장편소설

초판 1쇄 찍은 날 § 2017년 11월 13일
초판 1쇄 펴낸 날 § 2017년 11월 20일

지은이 § 강준현
펴낸이 § 서경석

편집책임 § 이지연

펴낸곳 § 도서출판 청어람
등록번호 § 제387-1999-000006호
등록일자 § 1999. 5. 31
어람번호 § 제1-2796호

주소 § 경기도 부천시 부일로 483번길 40 서경B/D 3F (우) 14640
전화 § 032-656-4452 팩스 § 032-656-4453
http://www.chungeoram.com
E-mail § chungeorambook@daum.net

ⓒ 강준현, 2017

ISBN 979-11-04-91539-0 04810
ISBN 979-11-04-91321-1 (세트)

아우스

마도 시대의 시작

FUSION FANTASTIC STORY

강준현 장편소설

8

Contents

50장
전쟁 속으로

펜딕이 흑탑의 대화를 들은 건 정말 우연이었다.

그날은 동료 기사들이 전장에서 죽은 것을 기리기 위해 술을 마셨다.

어제까지 같이 웃고 떠들던 동료의 죽음은 그를 정신을 잃을 때까지 취하게 만들기에 충분했다.

잔뜩 취해 술집 뒷골목 쓰레기 더미에서 잠들어 있던 그는 속닥거리는 두 사람의 대화에 깼다.

"…준비는 어디까지 됐어?"

"플린도, 칸켈도 준비 완료."

"흐흐흐! 신이 나서 쳐들어오겠군. 한데 현재 발칸의 귀족

파 일부가 전쟁을 참여하고 있다는 걸 안다면 어떤 얼굴을 할지 궁금하군."

"쉿! 말조심해. 혹시라도 누가 들으면 어떻게 해."

"이미 네가 오기 전에 주변을 살펴봤어. 쥐새끼들만 몇 마리 다닐 뿐이야."

"조심해서 나쁠 건 없어."

"당연하지. 한데 우리가 대륙 전체를 뒤에서 조종하고 있다고 생각하면 정말 짜릿해."

"그건 나도 그래. 칸켈에 휘둘리는 발칸을 종이호랑이라고 생각하고 밀고 내려오려는 플린 놈들을 보면 기가 찰 뿐이야."

"발칸의 진짜 위력을 보면……."

달그락!

"누구냐!"

펜딕은 숨 쉬는 것조차 조심하고 있었다. 그러나 쥐가 다가와 만든 소음은 그로선 어쩔 수가 없었다.

'싸워야 하나?'

취기가 가시지 않았는지 미친 생각을 잠시 했지만 두 사람 중 한 명도 상대하지 못할 것을 본능에 가깝게 알고 있었다.

펜딕은 바로 결정을 내렸다. 그리고 자신을 위험에 빠뜨린 쥐를 잡고 벌떡 일어났다.

"이런 쌍! 오크 X만 한 쥐새끼가 감히 날 물어. 앙!"

취한 척, 그리고 주변의 사람들을 끌어모으는 것이 그의 계획이었다.

펜딕은 쥐를 맞은편 술집 후문에 집어 던졌다.

쾅! 콰직!

단단한 원목이었지만 얼마나 세게 던졌는지 폭탄 터지는 소리와 함께 문이 부서졌다.

"크하하하하! 야, 이~ 쥐새끼야, 맛이 어떠냐! 크크크크크! …어라? 당신들 뭐야?"

술 냄새를 풀풀 풍기며 흑탑 마법사 두 명을 게슴츠레한 눈빛으로 바라봤다.

물론, 그 둘은 펜딕이 취한 데 상관없이 죽이려고 했다.

절체절명의 순간.

벌컥!

"어떤 새끼가 감히 나 행거 님의 뒷문을 부수고 지랄이야, 응?"

몇 사람이 검을 뽑고 우르르 몰려나왔다. 그리고 그런 소란이 또 다른 구경꾼을 불러 모았다.

흑탑 마법사들은 손을 쓸 수가 없었다.

조용히 이 상황이 마무리된 후 처리해야 했다. 근데 뜻대로 되지 않았다.

펜딕은 정말 술에 취한 듯 행거라는 사내에게 대들었고 싸움이 일어났다.

"경비대가 올 때까지 싸우다가 감옥에 갇혔고 그 덕에 이렇게 살아 있는 거야."

펜딕은 자신이 겪은 일을 다 말한 후에야 얘기하는 내내 들고 있던 술을 들이켰다.

"그놈들의 말을 믿는 거야?"

흑탑 마법사들의 말이 99퍼센트 확실하다고 생각하면서도 의문을 표했다.

믿고 싶지 않아서인지도 모른다.

그들의 말이 사실이라고 해도 내가 할 수 있는 일이 없었기 때문이다.

"말 그대로 되고 있잖아. 발칸이 본격적으로 나섰고 지금 이 순간에도 플린은 계속 밀리고 있어. 내가 궁금한 것은 그자들이 대륙을 전쟁에 몰아넣어 얻으려는 게 뭐냐는 거지. 넓은 땅? 귀족들이 가지겠지. 명예? 욕 안 먹으면 다행일 거고. 으아!!! 모르겠다."

"수백만의 원혼으로 뭔가를 소환하려는 것이겠지."

"…응?"

워낙 낮게 중얼거려서인지 펜딕은 알아듣지 못했다.

"아무것도 아냐. 혹시 해서 말하는 건데 다른 곳에 가선 방금 전 얘기 절대 얘기하지 마."

"왜?"

"놈들은 대륙 구석구석에 자리 잡고 있는 게 분명해."

"히익! 주절거리는 것은 오늘로 끝내는 게 좋겠네."

수명대로 살 생각이라면 그편이 좋을 것이다.

"당연히. 그럼, 수고해."

"그래. …응? 근데 뭘 수고해?"

"우리 집에 하인들이 별로 없거든. 그래서 무거운 건 가급적 아까 들어간 이종족들의 몫이었어."

"설마……?"

"응. 그 설마가 맞아."

이종족과 젠느는 빅 존슨에 대한 얘기를 핑계로 도망간 것이다.

"넌?"

"난 요리를 했거든. 그럼 난 이만 쉬어야겠다."

"난 제대로 먹지도 못했단 말이야!"

펜딕은 고함을 치면서 괴로워했다. 그러나 빅 존슨 얘기를 꺼낸 순간부터 선택의 여지가 없었다.

수명대로 살 생각이라면 치우는 편이 좋을 것이다.

*   *   *

펜딕에게 뒷정리를 맡기고 침실에 제법 일찍 들어왔지만 쉽게 잠들지 못했다.

술을 먹으면 나을까 싶었지만 오히려 머리를 더 어지럽힐

뿐이다.

'어떻게 해야 할까?'라는 화두를 던져서 문제에 다가가 보려 했지만 애초에 개인이 해결할 수 있는 일이 아니었다.

가장 좋은 방법은 전쟁을 멈추는 것이었다.

그래서 수백만의 원혼을 이용해 드래곤 기생체 따위를 소 환하려는 의도 자체를 없애 버리면 된다.

그러나 무슨 수로?

흑탑은 이 일을 최소 십 년 넘게 준비했을 거다. 또한 어떤 수를 썼든지 간에 황제 혹은 왕을 현혹하고 전쟁에 앞장서게 만들었다.

하면 흑탑을 막으면 전쟁이 끝날까?

아닐 것이다. 아니, 확신한다. 아니다.

일국의 황제가, 일국의 왕이 병사를 움직인 이상 설령 흑탑 이 나서서 멈추라 한들 멈추지 않을 것이다.

"휴우~ 답 없는 생각을 너무 오래 했군."

해가 떠오르는 걸 보고서야 상념을 털어냈다.

완전히 허튼 시간인 것만은 아니었다.

전쟁을 피하거나, 흑탑의 음모를 막을 방법은 생각하지 못 했지만 대책은 몇 가지 마련했다.

"나 자작께 갔다 올게. 해야 할 말이 있을지 모르니 모두 집 에 있어. 펜딕도."

마음이 무거워서인지 말도 무거웠다. 그래서인지 다섯은 별다른 말 없이 그러겠노라 답했다.

식사를 마치고 내성을 지나 자작의 저택으로 갔다.

눈에 익은 기사와 병사들에게 가볍게 인사를 하고 저택에 거의 도착할 때쯤 무장을 한 에리안이 저택에서 나왔다.

"안 그래도 할 말이 있어 가려고 했는데."

에리안이 말했다.

"전 병력 출동이야?"

"지킬 병력만 제외하고. 알고 있었어?"

"소문에 민감한 사람이 옆에 있어서."

"말할 시간을 아끼게 됐으니 차나 한잔할까?"

"이왕이면 할아버지, 자작님, 행크 형님과 함께였으면 좋겠는데."

"무슨 할 말 있어?"

"응. 꽤 심각하게."

에리안은 기꺼이 모든 사람을 응접실로 모아줬다.

"먼저 에리안을 구해줘서 고맙네. 본래는 오늘 저녁에 같이 식사하면서 말할까 했는데 왕명이 떨어져서 말이야. 부탁도 있고."

"부탁요?"

"일단 자네 말부터 들어보고 말하도록 하지."

잠시 어떻게 말해야 할지 고민을 하다가 입을 뗐다.

"굳이 현재 상황을 구구절절 말하지 않아도 아실 테니 바로 묻겠습니다. 이곳 플린에 계속 남으실 생각이십니까?"

플린이 위험하니까 도망가자 제안했다.

딱히 제국에, 왕국에 감사할 만한 삶을 살지 못했기에 할 수 있는 말인지도 몰랐다.

"음, 마치 왕국이 위험하니까 버리고 도망가자는 말처럼 들리는군."

"맞습니다. 어쩌면 전쟁보다 더 큰 위협이 다가올지도 모릅니다."

"나라가 망하는 것보다 더 큰 위협이라… 마왕이라도 출현하는 겐가?"

"비슷합니다."

"허허허! 농으로 한 말인데."

테트릭 자작은 물론이고 응접실 안에 있는 모든 이가 어안이 벙벙한 표정을 지었다.

하긴 뜬금없이 마왕이 강림할지도 모른다고 말하는데 누가 믿을 수 있을까.

"자네가 허튼소리를 할 사람은 아닐 테니 그렇다고 하세. 하면 피한다면 피할 수 있겠는가?"

피할 생각만 했지 피할 수 있을지에 대해선 생각해 보지 못했다. 산골 마을처럼 한적한 곳이라면 가능하지 않을까 싶다가도, 9서클의 영역이 어느 정도인지 모르니 단정할 수 없었다.

생각이 길었을까. 테트릭 자작이 말을 이었다.

"자네가 대답을 하지 못하는 걸 보니 피할 생각이면 아주 인적이 드문 곳으로 가야겠군."

"…아마도요."

"아버지와 가족들을 생각한다면 자네의 제안을 받아들이고 싶군. 하지만 말이야, 플린은 지켜야 할 것이 있는 우리의 고향이네. 혹자에게는 귀족으로서의 가식으로 보일 수도 있겠지. 그러나 평민이었다고 해도 같은 결정을 내렸을 것이네."

왕국을 지키기 위해 몸을 바치겠다는 거창한 얘긴 없었지만 플린 왕국과 함께하겠다는 얘기였다.

"아우스, 넌 플린 왕국 국민이 아니니 떠난다고 손가락질할 사람은 없단다. 다만 난 이곳에 남을 생각이다. 죽어도 평생 산 이곳에서 눈을 감고 싶구나."

엔트 할아버지는 웃으며 말을 더했고 행크도 고개를 끄덕이며 남겠다는 의지를 보였다.

에리안은 말없이 복잡한 표정을 짓고 있었다. 그러나 그녀가 내뿜는 기운에서 떠날 마음이 없음을 알았다.

"자작님과 할아버지께서 제 제안을 받아들일 거라 생각하지 않았습니다."

"받아들였으면 속으로 욕을 했겠군?"

"후훗! 그럴 리가요. 받아들였다면 무척 기뻤을 겁니다. 당장 살기 좋은 곳을 물색하고 다녔을 겁니다."

"그럼, 이제 어찌할 생각인가?"

테트릭 자작은 내가 제안한 이유를 눈치채고 있는 것 같았다.

사실 플린을 떠날 거라는 질문은 내 결심을 굳히기 위한 자문(自問)이나 다름없었다.

이러지도 저러지도 못하는 상황에서 선택의 폭은 넓지 않았다. 피하느냐 맞서느냐, 플린이냐 발칸이냐, 적극적 개입이냐 소극적 개입이냐 정도.

이제 답은 나왔다.

플린의 편에 서서 적극적으로 맞서는 쪽을 선택하기로 했다. 물론 방어까지만이다.

발칸엔 아우스의 부모가 살고 있었고 지론 남작가가 있었다.

"전장에 나가볼까 합니다. 물론 에리안이 이곳을 지켜야 한다는 조건이 붙지만요."

"8서클 마도사인 자네가 합류한다면 폐하께서 좋아하시겠군. 한데 자네에게 수탄과 포탄을 최대한 확보하라는 명이 있었는데."

"그건 에리안이 맡으면 될 겁니다."

"그럴 수 있다면 상관없는데……."

테트릭 자작은 말끝을 흐렸다.

에리안 대신에 내가 전장에 나서는 듯한 모양새가 마음에 걸리는 것 모양이다.

"이번에 에리안을 구하면서 느꼈습니다. 차라리 제가 당하는 게 낫다는 생각이 들더군요. 제 의지로 나서는 거니 신경 쓰지 마십시오."

"…그리 말해주니 알겠네. 일단 폐하께 보고를 해야 하니 기다려 주게."

"그럼 에리안에게 기계 사용법에 대해 알려주고 있겠습니다."

"그러게나."

에리안과 함께 응접실에서 나와 공장으로 향했다. 한참 걷던 에리안이 불만 어린 목소리로 말했다.

"…나도 내가 나서는 게 편해."

"나보다 약하잖아. 더 강해지면 그땐 네가 나서."

"내 조국이야."

"그래. 넌 내 연인이고."

"그거랑 이 일이랑은 다르지!"

"걱정 마. 위험하다 싶으면 몸을 뺄 테니까. 다른 건 몰라도 도망가는 건 자신 있어."

길게 해봐야 결론 없이 맴돌 얘기였다. 그래서 아예 논리 대신 내 마음을 얘기했다.

"하지만……."

"알아. 기다리는 사람이 편하지 않을 거라는 거. 어쩌면 더 힘들겠지. 내가 할 수 있는 말은 하나야. 살아 돌아올게."

"…약속해?"

"약속해."

오랜만의 약속이다.

개인적으로도 꼭 지키고 싶은.

"참! 이번에도 돌아올 때 여자를 데리고 오면 그땐 정말 죽을 줄 알아."

"웬 마왕이 강림한다는 말보다 더 뜬금없는 얘기야?"

"몰라서 물어? 몰라서 묻냐고!"

"베루 일행을 말하는 거 같은데, 걔네는 손님이야."

"손님이든 뭐든 주워 오지 마!"

"표현을 해도 주워 온다가… 아악! 왜 꼬집어?"

"대답해! 얼른!"

"아, 알았다니까. 그러니까 꼬집지 마!"

난 고문하는 데 쓰는 집게보다도 더 강력한 그녀의 손가락을 피해 도망 다녀야 했다.

*   *   *

이틀간의 준비 기간이 주어졌다.

공장에서 해야 할 일을 에리안에게 설명하고 혹시 모를 일에 대비해 자작의 저택과 내 집에 여러 개의 텔레포트 마법진을 설치했다.

쓸데없는 고집 피우지 말고 위험할 땐 일단 피하라고 했지만 그럴지는 두고 볼 일이었다.

싸우러 가는 거지 죽으러 가는 것이 아니었기에 이틀이라는 시간은 충분했다.

괜찮은 무기도 하나 만들어뒀다.

와인을 마시며 창밖의 밤바다를 보고 있는데 노크 소리가 들렸다.

똑똑!

"들어와, 베루."

"할 얘기가 있어."

"앉아. 미안해. 원래 대륙을 돌며 이곳저곳 구경시켜 주고 싶었는데 하필 전쟁 중이라."

"천천히 해도 상관없어. 우리에겐 전체 삶에 비교하면 짧은 시간에 불과하니까."

"샹카로 가려는 것 아니었어?"

"응, 아닌데."

에리안과 젠느에게 이종족을 부탁해 뒀지만 이종족 세 사람에겐 현재의 위험을 설명하며 돌아갈 것을 권했었다.

그래서 그에 대한 답을 하러 왔다고 생각했는데 착각인 모양이다.

"아! 미안. 술?"

"좋지."

술을 따르고 티 테이블에 마주 앉았다.

"언제든 시작해도 좋아."

"나 너 좋아해."

"……!"

"함께하고 싶어."

말이 끝나기 무섭게 훅 치고 들어왔다.

몸에서 나오는 기운을 느낄 수 있는 나는 그녀가 내게 호감을 가지고 있다는 건 알고 있었다.

여기서 말하는 호감은 이성이든 동성이든, 나이가 많든 적든 친밀한 사이에게 가질 수 있는 감정을 말한다.

보통 호감은 오렌지색보다 조금 짙긴 했지만 함께하고 싶다니.

이종족의 표현 방식이 다른 건가?

마보세로 베루의 몸에서 '호감호감' 하며 뿜어져 나오는 기운을 세밀히 살폈다. 그리고 놀랐다.

오렌지색 안을 들여다보자 온통 핑크핑크하다.

"10년 뒤쯤 밝히려고 했는데 혹시 네가 죽기라도 하면 어쩌나 싶어서 지금 말하는 거야."

확실히 사람과는 조금 다르다.

"…죽으러 가는 거 아니거든?"

"그렇다면 다행이고. 어린 나이에 죽긴 싫거든."

"그건 또 무슨 소리야? 내가 죽으면 따라 죽겠다는 소리처럼 들리잖아?"

"따라 죽는 게 아니고 죽게 돼."

이건 또 무슨 소리람.

그러나 그녀의 이어지는 말이 더욱 혼란스럽게 만들었다.

"너랑 나랑 영혼으로 이어졌거든."

"…제대로 설명 좀 해줄래? 처음부터 천천히."

"그날, 피에스타를 처치하고 나온 네가 죽는 줄 알았어. 그 정도로 엉망이었으니까. 그래서 나도 모르게 내가 가진 능력을 너에게 쓴 거야."

"그 치료 능력 말이야?"

"응. 오직 왕을 위해 써야 한다고 교육을 받았는데 이성보다 본능이 앞서 버린 거야. 그 치유 능력은 영혼을 묶어버리거든. 아! 걱정 마. 내가 죽는 건 너랑은 전혀 상관없어."

전장으로 떠나는데 한 사람분의 생명까지 덤으로 올려주다니 고맙다.

아니, 고맙지만 고맙지 않다.

"무슨 말인지 이해했어. 근데 나 여자 있어. 쩝, 그것도 둘이나."

이거야 원, 천하의 바람둥이 같은 소리를 하게 될 줄이야.

"괜찮아. 물론 기분은 유쾌하지 않아. 대신 하나만 약속해 줘. 그들 다음엔 나야."

500년의 삶을 가진 이종족만이 내뱉을 수 있는 말이 아닐까 싶었다.

베루는 담담히 고백(?)을 하고 덤덤히 방을 나갔다.

"하~ 열 번의 삶을 산 내게 신이 내리는 축복인가?"

어이없는 웃음이 터져 나왔다.

문득 에리안이 주워(?) 오지 말라고 한 의미가 베루를 말한 것임을 알 수 있었다.

아마 이 얘기를 하면 목을 조르겠지.

'하아! 오늘 무슨 날인가?'

방으로 다가오는 누군가의 기척을 느끼고 다시 한숨이 나왔다. 그러나 곧 표정을 풀어야 했다.

똑똑!

"들어와요, 젠느."

젠느가 들어왔다. 그녀는 평소 즐겨 입던 편안한 옷차림이 아닌 어깨와 가슴은 물론 등까지 깊이 팬 선드레스를 입고 있었다.

시선을 눈에 맞추면 자연스럽게 아래로 내려간다.

별반 관계없는 사람이라면 모를까, 마음에 있는 여자인지라 더욱 대담하게 쳐다보게 되었다.

결국 눈을 둘 곳이 바닥과 천장밖에 없었다.

"흠! 무, 무슨 일이세요?"

"내일 떠난다며. 그래서 얼굴 보러 왔어. 이대로 세워둘 거야?"

"아! 앉으세요. 술……."

술을 권하려는데 베루가 먹던 술잔이 남아 있었다. 얼른 설명을 했다.

"베루가 다녀갔어요."

"그렇구나."

다행히 별다른 반응은 없었다.

얼른 치우고 새로운 잔과 새로운 술을 꺼냈다.

"마지막 남은 엘프주네요. 이건 젠느에게 꼭 주고 싶었어요."

음식은 이미 다 먹었다. 과일 씨앗의 경우 정원 한편에 모두 심어뒀다.

남은 건 술뿐이었는데 그마저도 어제 에리안과 마시고 마지막 남은 한 병이었다.

"같이 마시려고 놓아둔 거야?"

"…뭐, 그렇죠. 하하!"

마음속으로 둘이 술 마실 기회를 가지길 바라고 있었는지도 모른다. 라이스 자작가의 수도 저택에서 마지막으로 술을 마시던 그때처럼.

"기쁘네."

"라이스 자작가는 잘됐어요? 이제야 물어보네요."

"문제가 있긴 했지만… 다행히 캐롤라인이 잘 이끌어가고 있어."

"문제될 게 있었어요?"

"황제 폐하가 너의 죽음을 심상치 않게 여겼나 봐. 대대적인 조사에 들어갔었어."

"제법 머리를 쓴다고 했는데 황제의 눈에 어설프게 보였나

보네요."

"아마도. 하지만 조작이라는 증거를 찾을 수가 없었으니 황제 폐하도 어쩔 수가 없었는지 허락을 했어. 다만 10년의 세습 유예 기간을 뒀어."

"세습 유예 기간은 또 뭐야. 하여간 뮤트 제국 황제도 참 별나다."

"조금 특이한 분이긴 하지."

술이 빌 때까지 마치 예전처럼 이런저런 얘기를 나누었다.

그러나 에리안이 올 시간이 가까워지자 자꾸 시계를 봤다. 티 나게.

눈치채고 그녀가 일어나 주길 바라는 마음에서였다.

성공한 것일까. 젠느가 시계를 보면서 중얼거렸다.

"에리안은 안 올 거야."

"네……?"

의문을 표했지만 곧 알아들었다.

"그 애에겐 언제나 미안하고 고마워."

"…나도 그래요."

어색함이 방을 채웠다. 그러나 엘프주 때문이었는지 어색함은 조금씩, 조금씩 열기로 바뀌었다.

*　　　　*　　　　*

새벽부터 일어나 모두에게 인사를 했다.

죽으러 가는 것처럼 수선을 떨진 않았지만 분위기만 본다면 비슷했다.

난 마실 가는 사람처럼 가볍게 '다녀올게'라 웃으며 말하곤 마법진으로 이동을 했다.

"아우스 남작님이십니까?"

빛이 사라지자 앞에 서 있던 사내가 물었다.

아! 맞다. 전쟁에 참여하면서 남작 위를 수여받았다. 그저 전장에서 무시당하지 말라는 의미임을 알기에 거들먹거릴 이유가 없었다.

"네."

"베트랭 공작님과 타칸 후작님이 기다리고 계십니다. 안내하겠습니다."

난 사내를 뒤쫓아 높은 성벽을 따라 걸었다.

병사들의 기합 소리, 바쁘게 움직이는 기사와 병사들, 부지런히 물건을 운반하고 있는 지원병들.

주변에 세워진 수많은 천막에서 때론 고통에 겨운 신음 소리가 때론 웃음이 터져 나왔다.

활기차면서도 음울하고, 바쁘면서도 느릿하고, 살고 싶은 욕망이 일렁이면서도 죽음의 향기가 가득하다.

'전장이군.'

모순됨도, 어울리지 못할 것 같은 이질감도 이 한마디면 모두 이해가 됐다.

"여긴 어디 영지입니까?"

"마지노 백작님의 영지입니다."

마지노 영지라면 수도에서 남쪽으로 멀지 않은 곳에 위치한 곳이었다.

"발칸의 진격 속도가 무지 빠른 모양이군요?"

"예. 어설프게 방어를 했다간 모두 밀려 버릴 만큼 거셉니다. 그래서 이곳 마지노 영지를 수도를 지키기 위한 마지막 보루로 삼았습니다."

"언제쯤 도착할 것 같습니까?"

"일주일쯤 후로 예상하고 있습니다."

몇 가지 더 묻는 사이에 외성의 저택을 빌려 만든 작전실에 도착했다.

"들어가시면 좌측으로 큰 서재가 있는데 그곳을 작전실로 쓰고 있습니다."

"고맙습니다."

인사를 하고 사내가 가르쳐 준 곳으로 갔다.

근무를 서고 있는 기사들이 흘낏거리긴 했지만 따로 막진 않았다.

'저기군. 7, 8서클 마법사가 스무 명이군. 왕국의 거의 모든 전력인가?'

상단전 마법사들이 모여 있는 곳이었기에 두리번거리며 찾을 필요가 없었다.

"아우스 남작 왔습니다!"

문 앞의 서 있던 기사가 소리친 후 문을 열어주었다.

"어서 오게, 아우스 남작. 헤어진 지 얼마 되지 않았는데 또 보는군."

긴 테이블에 좌우로 10명씩 앉아 있는데 오른쪽 맨 앞에 있던 베트랭 공작이 대표로 인사했다.

"안녕하십니까, 베트랭 공작님. 제대로 쉬지도 못하고 오셨겠군요."

"나라가 풍전등화인데 쉴 수가 있어야지. 타칸 후작과 슈린 백작은 알 테고, 이쪽부터……."

한 명 한 명 소개를 했다.

고개를 연신 숙이고 나서야 소개가 끝났다.

이름과 작위를 듣고 나자 영지의 귀족들과 도우 마탑에서 온 사람들인 걸 알 수 있었다.

'하긴 수도를 비울 순 없겠지.'

끝의 빈자리에 앉자 슈린 백작이 앞으로 나왔다.

"올 사람은 다 왔으니 방어 계획에 대해 회의를 시작하도록 하겠습니다."

그녀의 말이 시작되자 동시에 테이블 위의 수정구가 전면에 개미 떼처럼 많은 군사가 움직이는 모습을 비추었다.

"현재 발칸군의 규모는 대략 30만, 뒤로 점령군 20만이 추가로 올라오고 있어요."

"지독히 많군."

타칸 후작이 인상을 찌푸리며 중얼거렸다.

"제국은 칸켈과 전선을 유지하면서도 추가로 100만 이상을 보낼 여력이 충분해요. 물론 병사로 전쟁을 하는 건 아니지만 말이에요."

"그건 그렇지. 마도사들은 몇 명이나 되나?"

"8서클 마도사가 여덟, 7서클 마도사가 열다섯이에요. 물론 마법진을 만들고 나면 언제든지 추가 인원이 올 수 있다는 걸 염두에 둬야 합니다."

"우리는 8서클이 여섯에, 7서클이 열셋이군. 방어라고 생각하면 그럭저럭 막을 만한데 추가가 되면 위험하겠어. 험! 말을 자꾸 끊어서 미안하네. 계속하게."

슈린 백작은 살짝 고개를 까닥인 후 군세에 대해 계속 설명했다.

"마도사 외 주의해야 할 병과는 마법 기사단 만 명, 일반 기사단 천 명, 마법 부대 오천 명입니다. 마법 부대는 마법 무기를 쓰는 병과로 성벽과 일반 병사 타격을 주로 하고 있습니다. 화면을 보시죠."

성벽에서 찍은 듯한 영상이었다.

긴 막대기를 든 병사들이 무릎을 꿇는 자세를 취한 후 성벽을 향해 막대기를 겨눴고 그 순간 수많은 3서클 마법이 날아왔다.

수천 개의 마법이 동시에 날아오는 모습은 성벽 위의 사람들에겐 공포였겠지만 화면으로 볼 땐 그야말로 장관이었다.

'소총!'

내가 수탄과 포탄을 만들었다면 발칸 제국에선 3서클 마법이 발사되는 소총을 만들었다.

"흐음, 아주 전쟁을 작정하고 준비한 모양이군."

모든 설명이 끝나자 베트랭 공작이 신음을 흘리며 중얼거렸다.

"아무래도 그런 것 같습니다. 일단 외성벽을 이용한 방어 전략은 짜뒀어요. 문제는 추가 병력이 도착하자마자 힘없이 무너질 가능성이 높다는 겁니다. 이에 대한 방안이 있으시다면 말씀해 주세요."

설왕설래가 시작됐다.

"방벽을 유지해 최대한 적들의 숫자를 소모 후, 수도에서 마지막 일전을 벌이는 건 어떻습니까?"

멍청하기 그지없는 소리다.

과연 적의 병사만 소모될까.

수도에서도 숫자가 달리면 어쩔 텐가. 그때도 물러날 생각인지 묻고 싶다.

방 안에 있는 이들 중 전쟁에 대해 모르는 이들도 있었지만 잘 알고 있는 이들도 있었다.

"성에 접근하기 전에 최대한 숫자를 줄여야 합니다."

"방안은요?"

"별동대를 구성해 적의 전진을 막으면서 그들이 오는 길목에 아우스 남작이 납품하고 있는 나무 마법진을 설치하는 겁니다."

"상당히 솔깃한 방안이군요. 일단 적어둔 후 심도 있게 의논하기로 하죠."

회의는 상당 시간 동안 계속됐다.

식사를 하면서도 차를 마시면서도 멈추지 않았다.

개인적으로는 죽을 맛이었지만 하나둘씩 괜찮은 의견들이 나왔다.

대부분 도착하기 전에 수를 줄이자는 계획이라 아쉽긴 했지만 딱히 다른 방법이 있는 것도 아니었다.

"작전 참모들과 지금 나온 계획을 좀 더 구체화시킨 다음 저녁 식사 후에 다시 작전 회의를 재개하도록 하죠."

정말 '컥!' 소리가 나왔다.

다른 사람에겐 익숙한 회의일지 모르지만 나에겐 죽을 맛이다. 한시가 급하다는 걸 알기에 망정이지, 아니었으면 남작 직을 때려치우고 나갔을지도 몰랐다.

착각이었나 보다.

마도사들도 힘들었는지 오후 회의가 끝나자마자 피곤한 얼굴로 우르르 나갔다.

"아우스 남작은 나랑 같이 저녁 식사를 하는 게 어떤가? 배

식보단 나을 걸세."

고위 귀족들은 마지노 영지 내의 요리사들을 고용해 식사를 하고 있다고 했다.

"사양하지 않겠습니다, 베트랑 공작님."

먹고 죽은 오크가 때깔도 좋다고, 이왕이면 배식보단 요리가 좋았다.

*   *   *

2시간가량의 식사를 마치고 다시 작전실로 모였다.

술과 간단한 안주가 미리 준비되어 있는 것으로 보아 얘기가 길어질 모양이었다.

이번에도 슈린 백작이 나섰다.

"현재 여러분께서 낸 의견을 토대로 작전 참모들이 계획을 짜고 있습니다. 지금부터 결정할 것은 누가 과연 그 작전을 실행하느냐 하는 겁니다."

마도사들은 서로의 얼굴을 보며 웅성거렸다.

지연전, 게릴라전은 상당한 위험을 감수해야 하는 작전이었다. 어쩌면 목숨까지도 위태로울 수 있었다.

그 때문일까, 쉽게 나서는 사람은 없었다.

'8서클 서너 명에게 둘러싸이면 아무리 8서클이라도 죽을 수밖에 없으니.'

얘기만 길어질 뿐 나선다는 사람도 함부로 누군가를 지적하는 일도 없었다.

슈린 백작은 어쩔 수 없다는 듯 얘기를 꺼냈다.

"아무도 나서지 않으니 소거법으로 숫자를 줄여볼까 합니다. 여러분들의 생각은 어떠세요?"

"누군가는 반드시 해야 할 일이니 슈린 백작님께서 고생해 주십시오."

"선택이 된다면 최선을 다해볼 수밖에요."

자신은 선택되지 않을 거라는 믿음이 있어서인지, 왕국에 대한 충성이 큰지 다른 의견이 나올 법도 한데 모두 찬성했다.

어쩌면 테이블 좌우에 위치한 베트랭 공작과 타칸 후작의 눈초리 때문인지도.

"일단 도우 마탑에서 지원 나온 분들은 빼겠습니다. 지금까지 연구만 하던 이들이 할 수 있는 작전은 아니라고 생각합니다."

너무 당연한 일이라 고개를 끄덕여 찬성하는 이가 더 많았다.

"다음은 전투 계열이 아닌 분들을 제외하죠. 베칼 자작님, 데룸트 백작님."

제외자 명단에 든 두 사람의 입꼬리가 살짝 올라갔다. 안도감 때문이리라.

'이거 난 꼭 될 것 같은 분위기네.'

작전을 실행할 사람을 뽑는다고 했을 때부터 이미 포기하고 있었다.

나이로 보나, 실력으로 보나, 행동력으로 보나 내가 적임자긴 했다.

나서지 않은 이유는 만에 하나 처음 전쟁에 나서는 애송이로 봐서 빠질 수 있지 않을까 생각했는데 베트랭 공작의 눈빛엔 왠지 모를 기대감이 가득했다.

'나도 인간에 불과하다고, 이 양반아.'

다구리 앞에 장사 없는 건 나도 마찬가지다.

"마지막으로 전투를 지휘할 베트랭 공작님과 타칸 후작님을 제외시키겠습니다."

슈린 백작의 소거법이 끝나고 남은 사람은 모두 넷으로, 날 포함해 7서클 2명과 8서클 2명이었다.

'오호! 쥰 자작이라고 했던가.'

쥰 자작은 같은 줄에 앉아 눈에 띄지 않았다. 한데 이제 보니 4명 안에 들었음에도 감정의 변화가 전혀 없었다.

자신이 있는 건지 생각이 없는 건지 모르겠지만 이왕 결정이 된다면 저 사람과 함께 하고팠다.

"모두 소거하고 남은 분들은 데드랑 후작님, 쥰 자작, 테스 남작, 아우스 남작이 남았군요."

"우리 넷 모두가 작전에 투입되나?"

데드랑 후작이 침중한 목소리로 물었다.

"아닙니다. 일단 제 생각은 두 팀을 먼저 운용해 볼 생각입니다. 그 후 상황을 보고 팀을 늘리든지 작전을 바꾸든지 해

볼 생각입니다."

"조심해서 나쁠 건 없지."

"자, 그럼 네 분 중에 두 분의 지원자를 받겠습니다."

여기에서까지 강제할 수 없다고 생각했는지 지원자를 받았다.

'피할 길이 없네.'

끝까지 버텨볼까 하다가 고개를 흔들었다.

어차피 할 거라면 여기 있는 사람들에게 좋은 인상이라도 심어두는 게 나았다.

손을 들었다.

"잘할 수 있을지 모르겠지만 제가 해보겠습니다."

"아우스 남작, 플린을 위한 경의 마음은 국왕 폐하께 꼭 전하도록 하죠."

"프링크 자작가의 일원으로 당연한 일입니다."

나의 명성은 필요 없으니 프링크가가 나서는 걸로 해달라는 말이었다.

슈린 백작은 내 말을 금세 이해했다.

"훌륭한 외조군요. 아무튼 지원해 줘서 고마워요. 다른 한 분은……?"

"제가 하겠습니다."

지원자가 나왔다. 그는 쥰이었다.

"쥰 자작이 나서줬군요. 고통받고 있는 플린 왕국민을 대신

해 감사드립니다."

"폐하와 국민을 위해 귀족으로서 당연히 해야 할 일입니다."

꽤 재미있는 사람이다.

이후에 누구를 지목해 지연전을 벌이라고 해도 지금 쥰 자작이 한 말 때문에 거부할 수 없게 될 것이다.

"쥰 자작과 아우스 남작만 남고 다른 분들은 돌아가 쉬셔도 됩니다. 수고들 하셨습니다."

선택받지 못한 이들은 기쁨을 감추고 회의실을 떠났다. 베트랭 공작과 타칸 후작은 고생하라는 말 대신에 쥰 자작과 나의 어깨를 한 번씩 짚어주고 나갔다.

"난 작전이 제대로 수립되고 있는지 다녀올게요. 두 사람은 어떤 식으로 움직일지 얘기해 보세요."

슈린 백작마저 나가자 작전실엔 둘만 남게 되었다.

시너지 효과를 보기 위해선 두 팀이 함께 움직이는 것이 좋았다.

그러려면 일단 말을 맞춰야 했기에 그의 맞은편으로 가기 위해 일어섰다.

한데 그도 같은 생각을 했을까. 나와 동시에 일어났다.

순간 둘 다 어정쩡한 자세가 됐다.

다른 일 때문에 일어섰을 수도 있다는 생각을 둘 다 동시에 한 것 같다.

"제가 자작님 옆으로 가겠… 하하……."

"제가 남작님 옆으로 가겠… 하하하!"

나와 쥰 자작은 동시에 말하다가 동시에 웃었다.

"정식으로 인사드리죠. 쥰 폰 플린 자작입니다."

"아우스입니다. 혹시 베트랭 공작님의……."

'플린'이란 성을 쓰는 이는 왕실밖에 없었다. 그중 미들네임 '비츠'는 현 국왕의 직계만 썼고 '폰'은 베트랭 공작가만 썼다.

"둘째입니다. 아버지를 구해주셔서 감사합니다."

"아닙니다. 베트랭 공작님은 곁다리로… 하하! …아무튼 신경 쓰지 마십시오."

쥰 자작은 그의 아버지인 베트랭 공작을 곁다리라고 표현했음에도 잔잔한 웃음을 지우지 않았다.

우리 자리에 앉아 서로의 술잔에 술을 채웠다.

"올해 스물하나라고 했습니까?"

"네."

"실력에 대해서 아버지께 들었습니다. 저도 어디 가서 모자라단 소린 안 들어봤는데 아우스 남작과 비교하니 헛살았나 싶군요."

베트랭 공작의 아들이라면 적어도 오십은 되었을 것이다.

한데 겉보기엔 30대 초반.

빠르면 20대 후반, 늦어도 30대 초반에 7서클에 이르러 신체 재구성을 이루었다는 말이었다.

"운이 좋았다고밖엔 말씀을 못 드리겠네요."

"그 운, 저도 나눠주십시오. 하하하!"

쥰 자작은 좋은 의미에서 '전형적인' 귀족이었다.

예의를 바르게 행동하면서도 꼿꼿함을 가지고 있고 유머러스하면서도 단정함을 잃지 않았다.

어느 누구라도 얘기하다 보면 싫어할 수가 없는 인물이었다.

'게다가 행동에 가식이 전혀 없어.'

만일 눈앞의 쥰 자작이 죽게 된다면 상당히 안타까울 것 같았다.

하지만 그게 내 뜻대로 되는 일이 아니지 않는가.

"아까 자작님을 유심히 보니 두려움이 없어 보였습니다. 혹시 전장에 경험이 있으신지요?"

"두려움이 없을 리가요. 다만 젊은 시절 바롤 산에서 지휘를 한 적이 있었습니다. 한참 발칸과 사이가 좋지 않았을 때라 하루가 멀다 하고 전투가 벌어졌었죠. 그 때문에 익숙한 것뿐입니다."

"자작님과 함께할 수 있다니 천운이군요."

싸움과 전쟁은 다르다.

그래서 싸움은 자신 있지만 전쟁은 자신이 없었다.

"저야말로 그렇습니다. 사실 계획을 아무리 잘 세운들 실행하지 못하면 헛일이지 않습니까."

"그리 생각해 주시니 최선을 다해야겠군요. 혹시 계획은 있으십니까?"

"글쎄요. 일단 최소한의 정보를 알아야 어떻게 움직일지 말지 생각할 텐데 현재로서는 막막하군요."

적이 어디쯤에 있는지, 어떤 식으로 움직이고 있는지를 모르니 어떻게 전투를 벌일지는 맴돌 뿐이었다.

30분쯤 지나자 슈린 백작이 두툼한 서류 뭉치를 들고 돌아왔다.

"발칸 제국군의 군세, 현 위치, 이동속도, 이동 지역의 지난 10년간의 날씨와 지형지물 등 군사적으로 필요한 것들을 정리한 것들이에요. 또한 작전 참모들이 여러 개의 계획을 세워뒀으니 참조하세요."

쥰 자작과 나는 일단 별말 없이 서류 더미를 읽었다.

"음……."

까만 건 글자고 하얀 건 여백이었다.

눈에 들어오는 건 현 위치와 군세정도 나머진 왜 필요한지도 모르겠다.

그에 반해 쥰 자작은 한 장 한 장 꼼꼼히 살폈다.

"아우스 남작은 국지전을 겪어본 적도 없죠?"

슈린 백작이 쥰 자작에게 방해가 되지 않게 조용히 물었다.

"그렇죠."

"평화가 길었죠. 그래서 대부분 남작과 비슷해요. 하지만 너무 걱정 말아요. 그건 적들도 마찬가지니까."

"하하, 약간 위로가 되네요."

"그러라고 한 말이에요. 한데 혹시 어떤 식으로 게릴라전을 펼칠 건지 물어봐도 될까요?"

"원래는 소수의 병력을 데리고 수탄과 포탄을 이용한 공격을 하려고 했습니다. 지금은 준 자작님의 작전을 따를까 생각 중입니다."

"왜 소규모죠?"

"공격 후 도망쳐 나와야 하니까요. 너무 많으면 다 데리고 다니기 힘듭니다. 대략 서른 명 정도면 진퇴가 자유로울 것 같습니다."

"서른 명이면 진퇴가 가능하다고요? 어떻게요?"

"이동용 텔레포트 마법진을 이용하면 됩니다. 마나석이 제법 소모되겠지만 말이죠."

"잠깐만요, 남작. 그런 식으로 운용이 가능합니까?"

서류를 읽고 있던 준 자작이 끼어들었다.

"물론이죠."

어떤 식으로 운용할 것인지 설명을 해줬다.

"만일 제가 서른 명 정도 팀을 꾸리면 그 팀도 그런 식으로 이동이 가능하겠군요."

"당연히 가능하죠."

"허~ 혹시 절 배제한다면 어떻게 제국군을 괴롭힐 건지 들어볼 수 있을까요?"

"아직까진 딱히 없습니다."

"그럼 생각 좀 해보시겠습니까?"

"자작님의 작전대로 움직일 텐데 그래야 할 이유가?"

"꼭 알고 싶습니다!"

겉모습은 젊다지만 나이 든 양반이 초롱초롱 눈빛을 빛내며 말하자 부담스럽다.

"상상에 불과할 텐데 괜찮습니까?"

"문제없습니다. 어떤 상상이든 어떤 방식이든."

이렇게까지 얘기하는데 생각하기 귀찮다고 할 수는 없었다.

'혼자 막아야 한다고 생각해 보자.'

경험이 없을 뿐 머리가 나쁘진 않았다.

피해를 최소화하며 악의적으로 적을 괴롭힐 생각을 하자 하나둘씩 떠올랐다.

특히 마법진을 이용하면 적은 수로도 충분히 큰 효과를 낼 수 있을 것 같았다.

물론 적들의 반응에 따라 사용할 수 없는 방법도, 위험할 수 있는 방법도 있었지만 일단은 떠오르는 대로 얘기했다.

"미로 마법진, 더 크게도 가능합니까?"

쥰 자작은 나름 생각을 하다가 틈틈이 물었다.

"시간만 충분하면 더 크게 만들 수 있죠. 그러나 피해 버리면 소용이 없으니 이중 함정을 이용하면 좋을 것 같군요."

"이중 함정! 좋은 생각이 났어요. 이렇게 하는 게 어때요?"

쥰의 전술을 들으니 더 좋은 생각이 났다.

"그보다는 이게 어떨까요?"

"…저도 남작의 생각이 더 마음에 드는군요. 분명 적들은 기겁을 할 겁니다."

"또 생각났습니다."

"또요?"

악의적인 상상을 하다 보니 내가 꽤 사악하다는 걸 알게 됐다.

대회전에선 달라지겠지만 소규모를 이끌고 하는 전투는 마법진을 만드는 것처럼 재미있었다.

물론 재미와 실제는 다를 것이다.

부담도 된다.

마법진의 경우, 변수가 발생하면 작동을 하지 않는 것으로 끝나지만 전투에선 누군가의 죽음이 될 테니까.

"밤이 늦었어요. 내일 밤부터 작전을 수행하려면 좀 쉬지 그래요?"

"그래야겠습니다. 아무리 많은 계획을 짜도 발칸 제국의 반응에 따라 달라져야 하니까요."

"재료는 언제까지 준비할까요?"

"당장. 최대한 많이 부탁드립니다. 내일 밤부터 나가야 할 테니까요."

"그렇게 빨리요?"

"하루라도 빨라야 더 큰 피해를 줄 수 있으니까요. 안 그렇습니까, 자작님?"

"아우스 남작의 말이 옳습니다."

"알았어요. 팀원은 어떻게 꾸릴 생각인가요?"

"내일 아침에 구하겠습니다."

"직접요?"

"그럴 생각입니다. 자작님께선?"

"전 기사단과 함께 움직일 생각입니다."

"그럼 내일 뵙겠습니다. 참! 제가 지낼 방은 어딥니까? 이왕이면 작업을 할 수 있게 컸으면 좋겠습니다."

"가장 큰 방을 드리죠."

작전 회의는 끝났다.

*　　　　*　　　　*

"쿠사 십부장님, 쿠사 십부장님!"

수하의 외치는 소리에 쿠사는 무거운 눈꺼풀을 들어 올렸다.

어제 마신 싸구려 독주가 정말 독이었는지 정신이 깨지 않는다.

수하가 호들갑 떠는 것이 마음에 들지 않았지만 엄한 사람에게 화를 낼 만큼 성격이 모나진 않았다.

그는 마른 논처럼 갈라진 목소리로 물었다.

"…왜?"

"백인대장님이 곧 중요한 귀족이 지나갈 테니 일어나 있으랍니다. 그리고 천막 근처에 꼭 붙어 있으랍니다."

"중요는 개뿔… 꼭두새벽부터 웬 쓸데없는 나들이래. 밥은?"

"30분 뒤에 5십인대에서 가져올 겁니다."

"알았다."

수하가 천막 밖으로 나가는 걸 본 후 다시 누울까 하던 그는 자리에서 일어나 가부좌를 했다.

"후우~~ 흐읍!"

호흡을 가다듬고 눈을 반개해 하단전에 몽롱하게 시선을 둔 후, 어린 시절 그의 아버지가 가르쳐 준 하단전 호흡법을 했다.

귀족들이 쓰는 대단한 호흡법은 아니지만 평생 어디 가서 맞지 않고 돈벌이를 할 수 있게 해준 나름 귀한 호흡법이었다.

20분 정도 계속하자 그의 몸에서 독한 주향이 빠져나와 천막을 채웠다.

한결 가뿐해진 얼굴이 된 그는 침대에서 일어나 낡은 가죽신을 신었다.

"빌어먹을! 마법을 배웠어야 하는데. 이젠 술 깨는 데밖에 쓸데가 없네."

유저와 엑스퍼트 사이인 쿠사는 북쪽에 위치한 작은 남작 영지의 기사다.

왕국이 전쟁에 휩싸이자 참여한 그는 마법을 모른다는 것과 작은 남작 영지에서 왔다는 이유로 십부장이 되는 수모를 당해야 했다.

현재 백부장을 맡고 있는 4서클 전투 마법사쯤이야 검 몇 번만 휘두르면 죽일 수 있음에도 십부장이라니, 불만이 쌓이니 의욕은 날이 갈수록 없어졌다.

물론 이해 못 하는 바는 아니다.

성벽에서 농성을 해야 하니 그의 검술보단 당연히 마법이 좋은 대우를 받을 만했다.

만일 그런 이유마저 없었다면 항명을 하다가 감옥에 갇혔을지도 몰랐다.

"크응! 퉷!"

거칠게 침을 뱉은 그는 공용 수도로 가서 물을 벌컥벌컥 마셨다. 그러고는 화장실에 가서 시원하게 오줌을 쌌다.

"꺼억~ 이제야 좀 살 것 같네."

끝없이 펼쳐진 병사들의 천막 지역은 아침 식사 준비로 꽤 수선스러웠다.

"귀족 양반들은 이런 곳에 안 오는 게 도와주는 건데 그걸 몰라요. 또 와서 긴장하라는 헛소리나 하고 가겠지? 쯧!"

쿠사는 전쟁을 겪으며 병사들과 뒹굴다 보니 어느새 자신이 기사라는 것도 잊은 듯 말했다.

자신의 십인대가 있는 곳으로 가자 언제 타 왔는지 아침 먹을 준비를 하고 있었다.

"어디 다녀오십니까? 아까 백인대장의 말 못 들으셨습니까?"

아까 자신을 깨운 수하가 잔소리를 했다.

"이 자식아! 급해서 화장실 다녀왔다. 내가 천막에 싸면 좋겠냐?"

"누가 뭐랍니까? 식사하십쇼."

건방진 태도에 꿀밤을 먹이려다가 그가 내미는 식판을 보곤 한 번 용서해 주기로 했다.

"쯧! 이것도 식사라고."

백부장급은 별도의 기사 식당에서 식사를 했다.

투덜거린 것에 비해 그는 맛있게 식판을 비우기 시작했다.

"어? 저기 누구 오는데요? 저 사람이 귀족인가?"

가죽으로 된 경갑을 입은 청년이 천천히 걸어오며 주변을 두리번거리고 있었다.

복장을 보면 귀족 같은데 행동은 그냥 산책 나온 청년이었다.

"신경 꺼라. 귀족이든 아니든 우리가 함부로 할 사람은 아닌 게 분명해."

평민들의 지위가 높아졌다곤 하지만 여전히 귀족은 껄끄러운 존재였다.

쿠사는 신경을 끄고 식사에 집중했다.

"어라! 저희 쪽으로 오는데요."

"신경 쓰지 말라고… 어!"

부하들에게 한마디 하려는 순간 청년이 눈앞에 서 있었다.

"당신 직위, 이름."

"…시, 십부장을 맡고 있는 쿠사 스미스입니다만."

얼떨떨해하면서도 쿠사는 자리에서 일어나 자세를 바로 한 후 답했다.

움직임만 봐도 그가 가늠할 수 있는 실력자가 아니었다.

"기사인가 보군. 기사가 왜 여기 있지?"

"어쩌다 보니… 그렇게 됐습니다."

"그렇군. 난 아우스 남작이다. 왕국을 위해 소규모 별동대를 모집하고 있다. 혹시 관심이 있나?"

"별동대요?"

어설픈 귀족이 뭔가를 한다면 피하는 게 좋았다.

왕국을 위한다는 미명 아래 행하는 일은 목숨이 10개라도 위험할 게 빤했다.

살아남아도 푼돈을 주고 끝날 게 분명한 일에 굳이 나설 필요는 없었다.

"없습니다."

"생각보다 심각한 일이라 강제할 수도 있다."

"그럼 그렇게 하십시오."

청년은 반항적인 태도에도 별다른 반응이 없었다. 그저 잠깐 생각하는 듯하다가 할 말을 했다.

"그럼, 10시경 있을 설명회에 오는 건 강제하도록 하겠다."

"설명회만입니까?"

"맞다. 목숨이 걸린 일인데 설명을 들어야지. 설명을 듣고 결정은 경의 몫이다. 그때도 반대한다면 며칠간 갑갑하게 지내야 하겠지만 말이야."

"그럼 10시까지 어디로 가면 되겠습니까?"

"본부 작전실. 그럼 그때 보지."

청년은 다가왔을 때처럼 휭하니 가버렸다.

"흥! 내가 할 줄 알고."

아니나 다를까, 목숨이 걸린 일이라고 했다.

쿠사는 전투 중 죽으면 죽었지 개죽음당할 생각은 추호도 없었다.

아침을 먹고 부하들을 수련시키던 쿠사는 10시가 다가오자 본부 작전실로 향했다.

"아우스 남작님이 불러서 왔습니다."

입구를 지키는 기사에게 말하자 작전실로 안내했다.

넓지 않은 작전실엔 그와 비슷한 이들로 북적이고 있었다.

'마흔 명쯤 되겠군.'

쿠사는 비어 있는 의자에 앉아 귀를 열었다. 의외로 떠도는 소문에서 많은 것을 알 수 있었다.

금발의 사내와 찢어진 눈을 가진 자가 속닥거리는 소리가 귀에 잡혔다.

"내가 듣기론 말이야, 발칸 제국군을 기습하기 위한 별동대라고 하더군."

"미쳤군. 그냥 죽으러 간다는 소리잖아?"

"아마 그렇겠지."

"아우스 남작이라는 그 양반도 위에서 떠밀려 어쩔 수 없이 가는 거겠지. 젊던데 아깝군."

"그건 아닌가 봐. 자원했대."

"자원? 그 양반도 미쳤군. 귀족은 드래곤 통뼈라도 되는 줄 아는 거 아냐?"

"그게 아니라 그 양반 8서클이래."

"마, 말도 안 돼! 딱 보기에도 새파란 애송이던데? 엄마 배 속에서부터 마법을 배워도 불가능하지 않나?"

"그랬나 보지. 중요한 건 그게 아니라 이번에 별동대에 참여하면 꽤 많은 보상이 주어질 건가 봐."

"보상이 아무리 많으면 뭐 해. 뒤지면 끝인 걸."

"쯧쯧! 자네도 하나만 알고 둘은 모르는군."

"뭐가?"

"별동대 가면 위험하고 여기 있으면 안 위험한 줄 알아? 어차피 뒤지긴 마찬가지야. 그럴 바에는 보상을 받는 게 낫지."

"…그건 듣고 보니 그러네. 에이~ 그래도 난 싫어. 여기 있으면 살 가능성이라도 있지만 거기 가면 무조건 죽음이잖아."

"그것도 아니래. 8서클 마도사인 아우스 남작이 안전을 위해 준비 중이란다. 그래서 꽤 안전할 거래."

"그 소문을 믿어? 귀족의 말을 믿느니 오크가 드래곤이라는 말을 믿겠다."

쿠사는 두 사람의 말이 듣다가 자신이 중요한 걸 잊고 있었음을 알게 됐다.

'젠장! 며칠 더 사느냐의 차이인가?'

여기 올 때 별동대는 절대 하지 않을 거라고 생각했다. 그러나 그건 자신이 무시당했다는 것에 대한 치졸한 어리광에 불과했다.

'무시당할 만했네. 어리석게.'

발칸 제국군을 막지 못하면 별동대로 참여를 하든, 성에 있든 죽을 수밖에 없었다.

물론 재수가 억수로 좋아 수도까지 살아 간다고 해도 현재의 전쟁 양상을 보면 한두 달 더 사는 것뿐이었다.

'이럴 바에야 놈들을 한 명이 더 죽이고 죽겠다!'

쿠사는 별동대에 들어가기로 결심했다.

그러고 나자 참여하느니 마느니 현실도 모르고 떠드는 인간들이 불쌍하게 보였다.

＊　　　＊　　　＊

난 밖에서 작전실의 병사들이 하는 얘기를 듣고 있었다. 그러다 한숨을 푹 쉬며 옆에 있는 슈린 백작에게 말했다.

"저런 자들을 살려줘야 합니까?"

"그러겠노라 답한 사람이 한 사람밖에 없었다면서요. 그럼 다 죽일 거예요?"

물론 그러고 싶었다.

내 나라 내 고향도 아닌 나도 싸우는데 왕국민이란 자들이 말하는 꼬락서니가 가관이었다.

"그러니 애초에 강제 징집을 했으면 되잖습니까?"

"목숨을 바치는 일인데 기회는 줘야죠."

"참 나, 전쟁 중에 무슨. 그리고 기회를 준다는 분이 별동대 참여 보상금은 그렇게 차등을 줍니까?"

"기회는 준비된 자가 가지는 법이죠."

"아, 네네."

말싸움할 시간이 없었다.

오늘 밤부터 공격에 나서려면 얼른 별동대를 모집하고 교육을 시켜야 했다.

문 앞의 기사에게 눈짓을 보내자 기사가 소리쳤다.

"아우스 남작님 들어가십니다!"

열리는 문으로 들어가자 다들 어영부영 일어났다.

절로 인상이 구겨졌지만 일단 억눌렀다.

"모두 앉도록."

내 말에 다들 무너지듯 앉았다.

꼬락서니들을 보니 짜증이 솟았지만 인내라는 단어를 머릿속에 쓰며 말을 이었다.

"작전에 대해 말하기에 앞서 별동대 지원자는 스물아홉 명임을 먼저 밝히겠다. 당연한 말이지만 지원자가 다 차면 나머지는 지하 감옥에서 작전이 끝날 때까지 편히 쉬도록 한다. 물론 지하 감옥이라고 해서 엉뚱한 생각은 하지 말도록. 여느 천막보다 편하게 지낼 수 있을 거다."

지하 감옥이라는 말에 놀라며 질문을 하려던 이들은 이어지는 말에 입맛만 다셨다.

"자, 본격적인 말에 앞서 플린 왕국의 위해 지원할 자 없나?"

나는 천천히 돌아보며 물었다. 그러나 다들 회의적이었다.

'애국심 팔이에 누가 지원을 할까?'

아까 왕국을 위해 기꺼이 목숨을 바치겠다는 여자만 손을 들겠지?

한데 예상 외로 두 명이 손을 들었다.

'하~ 목을 치지 않아서 그나마 다행인 건가?'

새로운 한 명이 나왔다는 것에 만족하기로 했다.

"결정하고 나서 마음이 바뀌면 그땐 탈영병의 준한 벌을 받는다. 후회하지 않겠나?"

"예!"

"네!"

"좋다!"

두 사람에게 별 모양의 금색 브로치를 날려 보냈다.

"두 사람은 이제부터 A팀장, B팀장이다. 몇 명이 지원할지 모르겠지만 절반씩 나눈다."

두 사람을 팀장으로 임명한 후 말을 이었다.

"너희 둘은 500금의 보상금과 전사했을 시 가족에게 추가로 1,000금이 더 지급될 것이다. 이는 국왕 폐하께서 보증하는 일이다. 또한, 살아남을 시 준남작의 작위가 수여될 것이다."

분위기가 돌변했다.

"저도 지원하면 안 되겠습니까?"

"저도 지원하겠습니다."

다섯 사람의 추가 지원자가 나왔다. 돈을 보고 결정한 자들이다.

이 정도만 되어도 대만족이다.

"후회하지 않겠는가?"

다섯 사람은 힘차게 대답했다. 그 순간 은색 브로치가 그들에게 날아갔다.

"너희 다섯은 300금의 보상금과 전사 시 가족에게 500금이 추가로 지급될 것이다. 작위는 없다."

보상금이 팍 깎였다.

다섯 명은 당황한 표정이 역력했다. 그중 한 명이 물었다.

"왜 돈에 차이가 있는 겁니까?"

잠깐 고민했다.

본래 한 번 더 과정을 거쳐야 했다.

어떻게 작전을 수행할 거고 말만 잘 따르면 살 확률이 높다는 걸 구구절절 설명을 한 후 지원을 받으려 했는데 귀찮아졌다.

그래서 그냥 내 생각을 말해줬다.

"글쎄, 슈린 백작님의 명에 따라 하는 것뿐이다. 별동대들에 대한 보상을 얘기하니 백작님이 이렇게 하라더군. 짐작하자면 왕국에 대한 충성심을 테스트하기 위함이 아닌가 싶다. 저 둘은 왕국을 위해 지원했고, 너희 다섯은 돈을 보고 지원해서 차이가 생긴 것 같다. 설명이 됐나?"

"…네."

"솔직히 말하지. 내가 슈린 백작님이었다면 이렇게 신사적으로 안 해. 일곱 명의 지원자를 제외하고 모두 목을 베어버렸을 거다."

살기를 일으켰다.

"큭! 무, 무슨 살기가……!"

다들 하단전이 개발된 사람들만 모아둬서인지 일제히 하단전의 마나를 이용해 몸을 보호하려 했다. 그러나 소용이 없었다. 저들의 수준으로 막을 수 있는 살기가 아니었다.

지원자 일곱을 제외하곤 살기에 짓눌려 신음 소리를 흘렸다.

그런 그들을 향해 말했다.

"여긴 전장이다! 뒤엔 네놈들의 가족이 있다. 전쟁에서 지면 모조리 노예가 될 것이다. 근데 예의 바르게 물어보니 나서겠다는 자가 단 한 명이더군. 정신 빠진 인간들."

[아우스 남작, 기회를 줘요.]

슈린 백작의 위스퍼 마법에 살기를 거들 수밖에 없었다.

"마지막으로 묻는다. 지원자는 손을 들어라."

부끄러움 때문인지 두려움 때문인지 열다섯 명이 손을 들었다.

"개인적으로는 너희들에겐 아무것도 주고 싶지 않지만 슈린 백작이 말한 보상금은 줘야겠지. 너희 열다섯 명은 100금에 300금의 사망 보상금이 주어질 거다. 역시 작위는 없다."

보상금이 더욱 줄었지만 이의를 제기하는 사람은 없었다.

"본래 서른 명을 뽑을 생각이지만 지금 뽑힌 스물두 명만 데리고 작전을 수행하겠다. 그리고 나머지는 지하 감옥으로 간다. 한 가지 빼먹고 전하지 못한 얘기가 있다. 별동대가 살아 돌아오길 바라야 할 것이다. 별동대 한 명이 죽으면 두 명을 처형할 것이고, 두 명이 죽으면 네 명을 처형할 것이다."

"그, 그런 법이……!"

"밖의 기사는 모두 끌고 가라!"

하소연 따윈 듣고 싶지 않았다.

한데 지원을 하지 않은 자들이 절망하는 표정으로 끌려 나가는 걸 보니 나보다 슈린 백작이 더 사악하다는 생각이 들었다.

51장
별동대

　스물두 명의 별동대를 데리고 외성 밖의 들판으로 나갔다.

　이모작이 가능한 지역이라 이미 수확이 끝난 밀밭은 훈련을 하는 데 제격이었다.

　뒤이어 여러 개의 박스를 병사들이 갖다 줬다.

　"첫 작전은 오늘 저녁 5시에 나간다. 그러니 지금부터 설명하는 걸 잘 들을 수 있도록. 듣지 못해서 낙오한다면 버리고 갈 것이니 명심해라."

　"옙!"

　작전실에서 있었던 일 때문에 어리둥절해하는 이들도 있었지만 대답은 컸다.

어르고 달래고 할 시간이 충분하다면 모를까, 시간이 부족했다.

"가장 먼저 할 일은 목숨을 챙기는 일이다. 난 너희들이 빨리 죽기를 바라지 않는다. 왜냐! 일주일간 너희들이 최대한 버텨줘야 어느 정도의 성과를 이룰 수 있기 때문이다. 팀을 나눈다. 조장은 처음 손 들었던 두 사람이다. 이름이 뭔가?"

"쿠사입니다!"

"아로네입니다!"

두 사람이 손을 들었다.

"쿠사는 A팀장, 아로네는 B팀장이다. 뒤에 열 명씩 설 수 있도록."

쿠사 뒤에 서려는 이들이 더 많았지만 나의 뜨거운 눈빛에 금세 절반씩 섰다.

"이제부터 시작하겠다. 내가 두 개의 마법진을 설치하면 너희는 팀별로 곧장 달려가 마법진 안으로 들어간다. 쿠사 팀은 검은색, 아로네 팀은 갈색이다."

말이 끝남과 동시에 아공간 가방에서 여러 개의 금속판이 날아갔다. 그리고 두 개의 마법진을 만들었다.

"10초 후에 텔레포트 마법이 작동이 한다. 느리면 혼자 발칸 제국군을 맞이하게 됨을 잊지 마라. 또한 단 한 명이 마법진 작동을 방해할 것 같으면 차라리 죽여라! 그래야 나머지가 산다."

말하는 사이 A, B팀은 마법진을 향해 뛰었다. 한데 좁은 마법진에 11명이 서려니 엉망진창이었다.

늦게 오는 사람, 속도를 이기지 못하고 들어서는 바람에 다른 사람들을 퉁겨내는 사람, 자리를 잡지 못해 종종거리는 사람 등.

개판이었다.

"계속 그렇게만 해라. 첫 출동에서 모두 죽을 테니."

금속판들을 다시 15미터 떨어진 곳으로 움직였다.

"10, 9, 8, 7, 6, 5……."

훈련은 계속됐다.

쉽게 좋아지지 않았다.

15인까지 가능한 마법진인데 11명이서도 제대로 자리를 잡지 못하는 걸 보니 한숨이 나왔지만 방법을 가르쳐 줄 생각은 없었다.

하단전을 활성화시킨 이들이라 쉽게 지치지 않으니 훈련은 얼마든지 할 수 있었다.

"팀장들은 뭘 하고 있나! 점심 먹을 때까지 성공하지 못하면 그땐 굶기겠다."

먹는 것 가지고 치사하게 굴긴 싫었지만 너무 엉망이라 결국 치사하게 굴어야 했다.

역시 치사한 수작이 훈련에는 효과가 좋았다.

먼저 정신을 차린 곳은 아로네 팀이었다.

어느 한순간 좋아지더니 11명이 척척 들어갔다. 그에 힌트를 얻은 것일까, 쿠사 팀도 금세 좋아졌다.

"좋아! 이제부터 5초!"

"에엑!"

괴상한 비명이 터졌지만 개의치 않았다. 지금의 훈련이 저들의 목숨을 구해줄 게 분명한데 어설프게 해서는 안 됐다.

5초도 익숙해졌다. 3초로 줄였다.

모두의 하단전이 하얗게 빛나고 있었다. 그러다 점점 힘을 잃어갈 때 멈췄다.

"모두들 식사가 오기 전까지 하단전 호흡법으로 마나를 채울 수 있도록."

각자 편한 자세로 호흡법을 하고 있을 때 병사들이 점심 식사를 가져왔다.

"와아!"

바닥에 놓이는 음식을 보고 몇몇이 소리쳤다.

고기에 취하지 않을 정도의 술, 따끈따끈한 빵과 스프, 몇 가지 요리에 달콤한 디저트까지 현재 귀족들이 먹는 음식이었다.

"최후의 만찬 같군."

감탄사 대신 씁쓸하게 내뱉는 말도 있었다.

그러나 사실인데 뭐라 하겠는가.

자리에 앉아 식사를 했다.

나에게도 마지막 만찬일 수 있었다.

"이번에는 실전이다. 마법진은 실제로 작동을 할 것이고 실패한 병사는 나의 한 방이 날아갈 것이다. 시간은 10초."

차르르륵!

금속판이 날아갔다. 그 뒤로 마나석 하나가 뒤따른다. 마법진이 만들어지고 그 위에 마나석이 꽂혔다. 그리고 나의 마나에 의해 마법진이 활성화됐다.

오전에 3초에 성공할 만큼 능숙함이 있었기에 거리를 조절했다.

약 30미터. 제대로만 하면 5초 이내엔 충분히 들어갈 수 있을 거다. 그러나 갑자기 멀리 보냈으니 당황한 사람이 생길 수밖에 없었다.

또한 룬어와 빛이 빙글빙글 돌고 있어 조급함까지 더해지니 성공은 요원했다.

아로네 팀은 한 명을 놓아두고 이동했고 쿠사 팀은 마법진 중간에 사람이 끼면서 이동 자체를 실패했다.

"단숨에 12명이 죽었군."

"자, 잠시만… 큭!"

퍼퍼퍼퍼퍼퍼퍼퍼퍽!

12개의 투명 주먹이 날아가 그들의 복부에 박혔다.

"우웩!"

토하거나 그대로 무릎 꿇고 주저앉아 제대로 컥컥거리며 숨을 돌리기에 여념이 없었다.

"뛰어와."

아로네 팀 10명은 300미터 밖으로 이동되었기에 금세 합류했다.

"어떠한 상황에서도 현혹되지 마라. 명령이 떨어지고 마법진에 닿지 못하면 죽는다는 생각을 항상 가져라. 다시! 이동 10초 전."

다른 수가 없다. 익숙해질 때까지 반복할 수밖에.

이렇게 해도 출동을 하면 실수를 하는 자가 나올 것이다.

4번까지 실수가 나왔다.

아로네 팀도 한 명의 실수로 전부가 이동하지 못해 투명 주먹의 희생양이 되었다.

세 번 더 하고 멈췄다. 마나석은 유한했다.

"앉아서 다음 할 일로 넘어가자."

시원한 물 몇 덩이를 만들어서 먹인 다음, 병사들이 옮겨 온 박스를 뜯었다.

"혹시 포탄과 수탄 써본 사람 손 들어."

22명 중 여섯이 손을 들었다.

"그럼 사용 방법을 모르는 사람?"

다행히 모두 알았다.

"포탄은 발사대가 필요하지만 여러분은 그냥 투척 무기로 사용하면 된다. 이제부터 연습용 수탄과 포탄을 던지도록 하겠다. 가장 멀리 던지는 사람은 10금씩 상금으로 주겠다. 가장 못 던진 두 사람이 던진 것을 주워 온다."

"지금 주십니까?"

"그래. 오늘 살아남아서 내일 마음껏 쓰도록."

"도움닫기를 해도 됩니까?"

"두 발자국까지만 가능하다. 앞으로 나갔다가 괜히 마법에 맞아 죽지 말고. 준비된 사람부터 투척!"

슉! 슈슈슈슈슉!

마나를 이용해 던지니 멀리까지 날아갔다.

손잡이가 없는 포탄은 제일 못 던진 이가 70미터쯤이고 수탄은 120미터였다.

제일 멀리 던진 이는 쿠사였다. 마나를 응용하는 능력이 제일 좋았다.

"넌 포탄, 넌 수탄, 너도 수탄……."

일일이 수탄과 포탄을 지정해 준 후 다시 던지게 했다. 그러자 대략 100미터에 탄착군이 형성됐다.

이후로 각각 던지는 위치를 다르게 하는 훈련까지 마치고 나니 2시 반이었다.

난 각각에게 10금씩을 건넸다.

"2시간 자유 시간을 줄 테니 하고 싶은 거 하고 현재 위치로 와라. 약속을 어기거나 만취 상태로 오면 땅에 묻어줄 테니 그것만 명심하도록 해라. 이동 10초 전!"

급작스럽게 금속판을 날렸지만 그들은 실패 없이 모두 마을로 이동했다.

"이제 나도 일을 해볼까."

별동대는 던지는 일이 다였지만 난 아직 할 일이 많았다.

*   *   *

4시 20분.

일을 보고 약속 장소인 밭으로 돌아왔다.

다섯 명이 오지 않았지만 30분이 되기 전에 모두 모였다. 그리고 잠시 후 쥰 자작이 자신의 기사단을 데리고 왔다.

"아우스 남작, 준비는 다 됐습니까?"

"일단은요. 다만 놈들이 그 위치에서 쉴지는 장담을 못 하겠습니다. 진격 속도를 확인해 보니 아슬아슬하겠더군요."

"그렇다면 우리가 점찍은 위치에서 쉬게 될 겁니다. 방어와 숙영을 하기엔 그만한 장소가 없거든요. 뭐, 아니라면 약간의 계획을 변경할 수밖에 없겠죠. 근데 이들로 괜찮겠습니까? 다른 기사단의 협조를 구할 수 있었을 텐데요."

"아뇨. 나중의 계획을 위해서라도 이들이 좋습니다."

"아우스 남작이 그렇다면 그런 것이겠죠. 내일 아침은 모두 같이 먹었으면 좋겠군요."

쥰 자작은 나의 별동대원들을 돌아보며 말했다. 살아 돌아오라는 말이리라.

"그럼 나중에 뵙겠습니다. 이용할 마법진은 저쪽에 그려뒀습니다."

"아라 님의 축복이 함께하길 바랍니다."

"쥰 자작님도 축복이 함께하길."

주검이지만 아라를 봤다는 말을 하면 무슨 표정을 지을까 궁금했다.

혼자 피식 웃곤 대원들에게 명했다.

"이동한다."

밭의 한쪽엔 두 개의 마법진이 있었는데 각각 그 위로 올라갔다.

마나로 활성화를 시키자 빛과 함께 이동했다.

이동한 곳은 야트막한 언덕으로 아까 전에 갖다놓은 수탄과 포탄 박스가 놓여 있었다.

"각자 맞는 박스를 챙겨 개봉해 두고 대기하도록."

"…근데 남작님 이곳 위치가……."

"특이하다고요?"

"아, 네."

현재 숨어 있는 곳은 지진으로 인해 상당히 특이한 모양새를 취하고 있었다.

갈라진 틈을 타고 내려가면 언덕 너머 아래까지 몰래 내려갈 수 있는 구조였다.

발칸 제국군이 숙영할 거라고 예상되는 곳에선 아무리 봐도 보이지 않았고 첨병이 언덕에 올라온다고 해도 너머까지 내려오지 않으면 절대 발견할 수 없었다.

20분쯤 기다렸을까. 땅이 미세하게 흔들렸다.

"왔군. 이제부터 별도의 명령이 있을 때까지 기척을 죽이고 대기하도록."

어차피 어두워질 때까지 기다려야 했다.

땅의 흔들림이 어느 정도 커지다가 멈췄다. 준 자작의 말대로 딱 원하는 위치에 숙영을 준비하고 있었다.

그리고 잠시 후 첨병들이 이곳저곳을 돌아다니며 위협이 될 만한 곳들을 뒤졌다.

첨병만이 끝이 아니었다. 마법사들이 일대를 돌며 각종 알람 마법을 설치했다.

다만 예상했던 대로 언덕 위에 알람 마법과 보초를 세우긴 했지만 너머로는 넘어오지 않았다.

구수한 스프 냄새가 코로 스멀스멀 들어왔다. 코를 벌름거리는 것이 웃겼다.

숨을 죽이고 기다리는 시간은 참으로 더디게 갔다.

식사가 끝나고 한참이 지나자 웅성거림이 잦아들었다. 슬슬 잠이 들 시간이다.

난 대원들에게 천천히 따라오라는 신호를 보냈다.

달이 밝은 날이라 이동에는 불편함이 없었다.

그럭!

나무 상자가 벽에 닿는 소리가 들렸다. 크진 않았지만 혹시 몰라 잠깐 멈췄다.

다행히 우리 귀에만 크게 들렸는지 근처 보초 중 움직이는 사람은 없었다.

'성질 같아선 그냥 한 방 시원하게 먹이고 도망가 버리고 싶은데.'

근데 그게 쉽지가 않다.

감춰뒀던 마나를 개방하는 순간 알아차릴 거고 사용하려는 순간 앞에 나타날 것이다.

내가 괴물이듯 상대 역시 괴물이었다.

10분쯤 더 내려가자 목표 지점이 보였다.

'보초병, 둘.'

우리가 던질 위치에 두 명의 보초병이 서 있었다.

대원들을 멈추게 하고 시계를 봤다.

공격하기로 한 시간까지 1분 전.

'지금쯤 내려오고 있겠군.'

줜 남작은 물길을 따라 내려오면서 공격을 하기로 했다.

위험도가 더 높아 보이지만 아니다.

배 바닥에 텔레포트 마법진을 깔고 있어 위험할 땐 바로 이동할 수 있었다.

난 조심스레 가방에서 수탄을 꺼냈다.

시간이 되기 직전 보초병 둘을 처치한 후 예정된 공격을 하게 될 것이다.

다행히 주변으로 고서클의 마도사는 없었다.

20초 전, 대원들에게 신호를 보냈다.

그들에게서 약간의 두려움과 긴장감이 느껴졌지만 우려할 정도는 아니었다.

3초 전, 위스퍼 마법을 사용했다.

[시작!]

수탄을 보초병에게 던졌다.

그들은 '적이다!'라고 외치기도 전에 어디론가 사라져 버렸다.

수탄과 포탄의 장점이라면 마나 유동이 없다는 것이다. 그 점 때문에 별동대의 무기로 선정되었다.

깨지는 순간 마법진이 작동되며 마나 유동이 발생하지만 퍼져 나가기 전에 아공간이 그 유동마저 잡아먹어 버리기 때문이다.

물론 주변의 마나를 완전히 읽고 있으면 알아차릴 수야 있겠지만 누가 머리 아프게 그 짓을 하겠는가.

나라고 해도 수십만 명이 숙영하는 장소를 감시하다간 머리가 깨져 죽을 것이다.

턱! 턱! 턱!

위치를 잡고 각자의 상자를 내려놓았다.

"9시 방향부터 3시 방향까지 70퍼센트의 힘으로 차례대로 던져!"

낮은 목소리로 명령을 했고 그 순간 대원들은 수탄과 포탄을 던졌다.

*　　　*　　　*

"오늘은 이곳에서 숙영한다."

발칸 제국 북군 사령관 올리버 크 도너는 낮은 목소리로 명령을 내렸다.

"전군, 제자리에 멈춰! 숙영을 준비하라!"

부관이 수정구를 통해 전군에 명을 알렸다.

잠시 후 돌림노래처럼 그가 내린 명령을 복명복창하는 소리가 울려 퍼졌다. 그리고 올리버의 행렬을 뒤따르던 짐꾼들이 숙영에 필요한 거대한 천막을 치기 시작했다.

"천막이 완성됐습니다, 공작 전하."

"지휘관들과 함께 식사를 하겠다."

"예!"

올리버가 천막 안으로 들어간 지 얼마 되지 않아 각 군단, 사단, 특수병단 사령관들이 속속 도착했다.

"어서들 오시게."

"오늘 하루도 고생하셨습니다, 공작님."

"걷는 것도 보통이 아니군요."

매일 회의 아니면 식사를 같이했고 전쟁이 나기 이전부터 함께했던 귀족들인지라 분위기는 부드러웠다.

귀족들 중 황제파도 귀족파도 있었지만 승리가 계속되고 있는 지금은 무의미했다.

모두 자리를 채우자 하인들이 음식을 들고 들어왔다. 모두들 옆에 있는 사람들과 가벼운 대화를 하며 술과 음식을 즐겼다.

올리버 공작은 그들의 행동에 개의치 않았다.

할 말이 있어서 부른 것이 아니라 그냥 화합을 도모하자는 차원에서 가벼운 얘기나 하자고 부른 것이다.

작전 회의?

그건 부관인 작전 참모들이 했다.

말이 지휘관이지 대부분은 7, 8서클의 마도사로 화려하고 힘만 셀 뿐 전장 전방에 배치된 병사들과 다를 바 없었다.

"오늘 밤 경계에 좀 더 주의를 기울여야 할 것 같소. 기분이 영 찝찝하군요."

어느 정도 식사가 끝나자 올리버 공작이 운을 뗐다.

"예측이 발휘되신 겁니까? 저도 오늘은 좀 불안합니다. 적의 습격이 있지 않을까 우려됩니다."

또 다른 8서클인 베르타툰 백작이 올리버 공작의 말을 두둔했다.

"음, 두 분 말씀이 그렇다면 오늘은 감각을 더 날카롭게 하고 잠을 자야겠군요."

"그래야죠. 8서클의 예측 능력은 이미 검증이 된 거 아닙니까."

올리버 공작의 말에 귀족들은 고개를 끄덕였다.

그렇다. 이들은 밤에 적국의 마도사들이 쳐들어올 것을 대비해 경계마저 해야 했다.

물론 천막의 침대에 누워서 하는 경계지만 밤새 긴장을 늦추지 못하니 일반 병사보다 오히려 더 빡셌다.

"예측이 언제나 맞는 것이 아니지만 조심해서 나쁠 것 없으니 제국의 병사들을 위해 고생들 해주시오."

"네, 공작 전하. 편히 쉬십시오."

식후 차까지 마신 귀족들은 올리버 공작에게 인사를 한 후 각자의 부대로 돌아갔다.

귀족들이 모두 떠난 후, 텅 빈 천막 안을 보고 올리버 공작은 굳은 표정으로 중얼거렸다.

"대답처럼만 해줬으면 좋겠는데……."

올리버 공작의 걱정대로 앞에서 대답만 했을 뿐 딱히 지시대로 하지 않을 사람도 있었다.

그중 하나가 선두 우측의 마법 소총 부대를 운용하고 있는 포즈 자작이었다.

"마도사는 무슨 잠이 없는 줄 아나. 왜 밤마다 경계를 강화하라고 잔소린지."

포즈 자작은 올리버 공작이 마음에 들지 않았다.

완전 양치기 소년이었다.

발칸 제국을 넘어 플린 왕국으로 왔을 때부터 지금까지 쭉 걸어왔다고 할 정도로 거침없이 왔는데 항상 조심하라는 말을 입에 달고 살았다.

오늘 평소와는 조금 달랐지만 크게 다르진 않았다. 즉, 열심히 신경을 곤두세워 봤자 자신만 피곤해질 가능성이 높았다.

"오셨습니까?"

부관이 그가 들어오길 기다리고 있었다.

"부대원들은?"

"불침번을 제외하곤 잘 준비를 하고 있습니다."

"고생했네. 경계를 철저히 하라는 말을 다시 한 번 이르고 자네도 이만 들어가게. 참, 괜찮은 술로 두어 병 가져오게. 어중간하게 마셨거든."

"예. 금방 갖다드리겠습니다."

천막 안으로 들어온 포즈 자작은 마법으로 간단히 세수를 한 후 침대에 누웠다.

곧 술이 도착했다.

"흥! 적들이 오면 내 손을 파이어 볼로 지진다."

포즈 자작은 술을 마시며 중얼거렸다. 그리고 한 병을 비운 후 올리버 공작의 지시는 까맣게 잊고 깊은 잠에 빠졌다.

7서클 마도사인 그가 아무리 깊은 잠에 빠졌다고 해도 비명 소리를 듣지 못할 만큼 둔하지 않았다.

"…악! 내 다리!"

운 나쁘게 수탄의 범위 안에 다리를 두고 있던 병사의 비명소리에 포즈 자작은 벌떡 일어났다.

깊이 잠들었던 터라 잠시 멍했지만 7서클 마도사답게 금세 감각을 확장할 수 있었다.

"…이게 무슨?"

'적이다!'라는 소리가 여기저기서 들리며 뛰어다니는 병사들이 느껴지는데 갑자기 뭉텅뭉텅 흔적 없이 사라져 버렸다.

"설마, 플린 놈들이 만들었다 수탄과 포탄?"

상황을 파악하기 위해 천막 밖으로 나가려 할 때 부관이 안으로 들어왔다.

"자작님! 적이 나타난 것 같습니다."

"어디에? 몇 명이나?"

"11시 방향입니다만 정확한 수는 모르겠습니다."

"확인해 보지."

8서클과 달리 7서클의 감각은 그리 넓지 않았다. 그래서 넓게 펼쳤던 감각을 오롯이 10시 방향으로 돌리며 천막 밖으로 나갔다.

확실히 11시 방향에서 포탄과 수탄이 꾸준히 날아오고 있었다.

그때 그들이 있는 방향으로도 한 개가 날아왔다.

"피해……."

"제가 처리하겠습니다."

플린 왕국에서 수탄과 포탄을 공성전에 사용하며 그에 대한 연구가 진행됐다.

실제 물건이 없어 깊은 연구는 불가능했지만 마도사도 수탄과 포탄에 걸리면 죽을 수 있다는 것과 처리 방법에 대해 것은 알아냈다.

피치 못할 땐 최소 5미터 밖에서 저격을 하고 웬만하면 피하라는 것이 연구원들의 권유였다.

한데 부관이 잠시 망각을 한 건지 아이스 애로우를 포탄을 향해 발사했다.

"안 돼!"

마나의 힘이 담긴 포탄은 생각보다 빨랐고 포즈 자작이 블링크를 활성화하기 전에 아이스 애로우와 부딪히며 터졌다.

거리는 대략 4.5미터 전후.

'이 멍청한 새끼가……'

부관의 멍청함을 욕하며 최대한 몸을 뒤로 젖혔다. 부관 또한 그제야 자신이 무슨 짓을 저질렀는지 이해된 듯 경악의 표정을 지었다.

푸왁!

완벽한 검은빛이 터졌다! 그리고 그대로 9미터 지역을 집어삼켰다.

천막도, 부관도, 바닥의 모닥불도.

"휴, 사……."

살았다고 말하려 했지만 더 이상 말을 할 수가 없었다. 세상이 빙글 돌며 위로 솟구친다. 아니, 시야가 점점 낮아진다고 해야 하나.

툭!

포즈 자작은 머리밖에 남지 않았음을 깨달았다.

'빌어⋯⋯.'

욕을 다 뱉기도 전에 그의 뇌는 기능이 정지했다.

1군단 사령관을 맡고 있는 8서클 마도사 홀트 백작은 포즈 자작과 연결되어 있던 링크 마법이 끊어지는 것을 느끼고 그가 죽었음을 알게 됐다.

플린 왕국의 마도사가 온 걸까?

하지만 그의 감각에는 걸리는 게 없었다.

적들이 포탄과 수탄으로 공격한다는데 재수 없게 맞아 죽은 걸까?

'가봐야겠군.'

고민한다고 해결될 문제가 아니었다. 일단 움직이기 전에 해야 할 일이 있었다.

[공작 전하, 홀트입니다.]

[말하게.]

[포즈 자작과의 링크 마법이 깨졌습니다.]

[⋯공격받고 있다는 얘길 들었는데 그 정도로 심한가? 혹시

마도사가 온 겐가?!

[느껴지는 기운은 없습니다. 플린 왕국에서 만들었다는 포탄이나 수탄에 당한 것으로 생각됩니다.]

[알겠네. 베르타툰 백작에게 지원하라고 이름세.]

[예.]

딜리버리 마법으로 보고를 마친 홀트 백작은 포즈 자작의 지역으로 순식간에 이동했다.

지휘관의 부재 때문인지 피해는 상당했다.

"놈들, 저기 있었군!"

포탄과 수탄이 거의 없는지 기껏해야 서너 개밖에 날아오지 않고 있었다.

"아이스 애로우! 블리자드!"

일단 날아오는 포탄과 수탄을 제거하고 놈들의 머리 위에 블리자드를 만들었다.

근데 블리자드가 막 플린 놈들이 있는 곳을 강타하려는 순간 두 개의 빛이 터져 나왔다.

"…텔레포트 마법진!"

블리자드는 적이 사라진 빈 공간만 때렸다.

홀트는 허탈했다. 그러나 그것도 잠시, 방금 전 상황에 대해 약간의 위화감이 들었다.

'내가 이곳에 오고 상황을 파악하고 공격하기까지 10초가량. 한데 그 타임을 정확히 알고 도망을 갔다?'

스물세 명 중 마도사의 기운을 가진 자는 없었다.

'우연인가? 아님 그중 한 명이 마도사인가?'

이미 사라졌으니 알 길이 없었다.

[올리버 공작 전하, 놈들이 사라졌습니다.]

보고를 했다. 누군가가 정신을 차리고 이미 했을 수도 있지만 처음일 수도 있었기에 했다.

[알고 있네. 11시, 1시에서 공격하던 놈들이 5시에 나타나 다시 공격을 하고 있다더군.]

[네?!]

정말 대범한 놈들 아닌가.

[마도사에 대한 얘기는요?]

[어느 쪽도 없었네.]

그 말에 홀트는 소름이 돋았다. 없다는 말이 그에겐 '마도사가 있다'라고 들렸다.

[제가 5시 방향으로 가보겠습니다.]

[6군단장이 방어를 위해 나섰다네. 그러니 굳이⋯⋯.]

[아뇨! 헤이크 후작님이 위험할지도 모르겠습니다.]

연결을 끊자마자 최대한의 속도로 6군단이 있는 곳으로 날아갔다.

'빨리!'

마음은 급했지만 30만 명이 숙영을 하는 곳인지라 5시 방향까지는 상당한 거리였다.

홀트 백작의 예측대로 헤이크 후작은 위험에 처해 있었다.

11시와 1시 방향에서 전투가 벌어졌다고 해서 언제든 출동할 수 있게 긴장을 하고 있었던 터라 텔레포트로 이동하는 적을 바로 느낄 수 있었다.

그래서 보고를 하고 상황 설명을 듣고는 바로 움직였다.

한데 그게 치명적인 실수가 되었다.

마도사가 없다는 얘기를 너무 믿은 것이다.

오십 명가량이 옹기종기 모여 있어 한 번에 죽여 버리겠다는 생각으로 마법을 사용하려는 순간 거대한 힘이 그를 바닥으로 찍어 눌렀다.

"큭……! 크극!"

뿌득!

누르는 힘이 얼마나 강한지 버티려던 손목이 수수깡처럼 부러져 버렸다.

비명이라도 지르면 덜 아프련만 입도 제대로 벌릴 수가 없었다.

'저놈은!'

홀트 백작과 함께 싸워도 이기지 못했던 그 괴물 같은 놈이었다.

홀트 백작이 멀쩡하지 않았다고 해도 둘이 싸웠음에도 밀렸을 때 얼마나 놀랐던가.

한데 그 빌어먹을 젊은 놈이 또 다른 기술을 개발한 모양이었다. 몸은 물론 마나까지 강하게 눌러서 그저 죽음만 기다리는 처지가 된 것이다.

'7군단장 세이켈 후작이면 마도사가 나타났다는 걸 알 수 있을 텐데… 어서 와주게.'

8서클 한 사람이 모든 지역을 감시할 수 있으면 좋겠지만 불가능했다. 그래서 11시 방향에서 12시, 1시, 3시, 5시, 7시, 9시 방향에 각각 8서클 마도사가 군단장으로 자리하고 있었다.

어떤 지역에 나타나든 세 명의 마도사가 빠르게 합류할 수 있는 구조였는데 그러지 못하는 곳이 바로 5시와 7시였다.

'왔군! 조심하게, 세이켈 후작!'

헤이크 후작에겐 중력장에 갇혀 있는 시간이 길게 느껴졌지만 사실 그가 당한 지 몇 초 지나지 않아 세이켈 후작이 나타났다.

한데 경고를 하지 못해서일까, 달려오던 세이켈 후작 역시 중력장에 갇혀 버렸다.

두 개의 중력장을 유지하는 게 쉽지 않은지 누르는 힘이 한결 약해졌지만 옴짝달싹못하는 건 마찬가지였다.

'멍청한! 내가 당하는 걸 빤히 보고도 당하다니. 이래서 연구만 하는 것들은 곤란하다니까.'

헤이크 후작은 절망했다.

이상함을 느끼고 다른 마도사들이 달려오겠지만 그전에 죽을 것이다.

아니나 다를까, 젊은 마도사는 두 개의 포탄을 들고 자신과 세이켈에게 던졌다.

"허……."

헤이크 후작은 날아오는 포탄을 보며 허탈한 한숨을 내뱉었다.

8서클 마도사로 존경과 부귀영화를 누리고, 세상을 아래로 보고 살았는데 전쟁이 시작된 후 마치 동네 떠돌이 개처럼 당하고 죽게 되었으니 어이가 없었다.

우웅! 스팟!

한데 그 순간 포탄 주변에 마나가 씌워졌다. 그리고 어디론가 사라져 버렸다.

파파파파파파파파팍!

뒤이어 적과 두 사람 사이에 땅이 파이며 거대한 먼지 폭풍이 일었다.

홀트 백작이 도착한 것이다.

"괜찮으십니까?"

"…괜찮네."

헤이크와 세이켈 후작이 부스스 일어났다. 중력장이 씻은 듯이 사라졌다.

"놈들이 도망갔군요."

"…그렇군. 자네가 아니었으면 죽을 거네. 고맙네."

"별말씀을요. 한데 이번이 끝이 아니겠죠?"

"아마도……."

세 사람은 복잡은 표정으로 별동대가 사라진 곳을 보았다.

*   *   *

"잡자마자 포탄이든 수탄이든 던져 버렸어야 하는데."

흑탑의 마도사가 사용했던 중력장을 카피해 발칸 제국의 마도사를 붙잡았는데 연이어 나타날지도 모른다는 생각이 들자 머뭇거렸던 것을 후회하는 중이다.

발칸 제국의 마도사들이 바보가 아닌 이상에야 그 같은 기회는 이제 없을 게 분명했다.

"뭘 그렇게 혼잣말로 하십니까?"

쥰 자작이 궁금하다는 듯 물었다.

"별거 아닙니다."

지나간 일은 잊는 게 좋았다.

아쉬움을 지우고 바닥에 그려진 마법진에 마나석을 하나씩 박아 넣었다.

"언제쯤 끝날 것 같습니까?"

함정의 위치를 지정해 준다고 따라온 쥰 자작은 어지간히 심심한 모양이다.

"거의 끝났습니다. 물러나십시오. 출구 없는 미로라 혹시라도 작동되면 이주 정도는 개고생하실 겁니다."

반경 30미터에 이르는 어마어마한 마법진이었다. 그래서 우린 훌쩍 뒤로 물러났다.

"활성화시킵니다."

마나가 내 의지를 받아 바닥의 마법진에 스며들었다.

"음, 이 정도면 마나에 민감한 사람들이라면 금방 눈치챌 것 같은데요."

마법진 위에서 춤을 추듯 움직이는 마나를 느끼고 말하는 것이리라.

"조금 기다려 보세요."

시간이 지나자 주의해서 탐색하지 않으면 발견하지 못할 만큼 가라앉았다.

"오! 마도사급이 아니면 알아보기 힘들겠군요. 족히 수백 명은 잡을 수 있겠군요."

수십만 중의 수백이면 의미 없는 숫자이긴 하지만 잡힌 이들이 마법사들이라면 꽤 괜찮은 수확일 것이다.

물론 잡히지 않는다 해도 상관없지만 말이다.

"몇 명만 잡혀줘도 상관없습니다. 여긴 다음을 위한 준비물에 불과하니까요."

"하하하! 그건 그렇죠. 준비물치곤 마나석이 많이 들어가긴 했지만요."

줜 자작은 정말 마나석이 아까워서 하는 소리는 아니었다.

"자, 다음으로 가시죠. 좀 쉬었다 나오려면 서둘러야 합니다."

"그러죠."

쥰 자작과 함께 다음 장소로 이동했다.

새벽부터 만들기 시작한 함정은 점심 먹기 전에야 끝이 났고 마지노 영지로 돌아왔다.

"네 시에 보죠, 아우스 남작."

"쉬세요."

쥰 남작과 헤어져 외성 주택 지구 쪽으로 걸음을 옮겼다. 그곳의 여관 하나를 통째로 빌려 별동대들이 사용하고 있었다.

"푸핫핫핫! 넌 서너 명이었는지 몰라도 내가 던진 포탄엔 제국군 수십 명이 픽픽 사라져 버렸다고."

"서젯, 이 거짓말쟁이! 난 네놈이 빈 천막을 맞추는 걸 봤어, 헤헤헤헤!"

별동대원들은 어젯밤에 있었던 일을 시끄럽게 떠들며 휴식을 취하고 있었다.

안으로 들어가자 조용해지면서 팀장인 쿠사가 경례를 하려 했다.

역시나 백 번 말하는 것보단 한 번 실력을 보여주는 것이 더 효과적인 복종의 방법이었다.

"난 신경 쓰지 말고 쉬어."

물론 저들을 복종시킬 마음은 없었다.

생명을 내걸고 나라를 지키겠다고 나선 이들은 놀고 떠들

자격이 충분했다.

그들이 다시 시끄럽게 떠드는 소릴 들으며 주방의 배식구로 다가갔다.

"엔파, 배부르고 쉽게 꺼지지 않을 음식으로 이 인분만 줘 요. 맥주도요."

"금방 내갈게요."

주문을 하고 구석진 탁자에 앉았다. 그리고 대원들이 하는 양을 지켜봤다.

"재미있습니까?"

쿠사가 옆에 와서 물었다.

의자에 앉으라고 눈짓하자 앉았다.

"솔직히 재미없어. 내가 하는 짓도 놈들에게 도움이 되는 짓이거든."

"…무슨?"

"그냥 조금 아는 게 있어서 하는 말이야. 할 말이라도 있는 건가?"

"돈이 가족들에게 제대로 전달이 되었는지 대원들이 궁금 해합니다."

난 대원들에게 그들의 가족에게 보상금을 전달해 주겠다고 약속했다.

"하루도 되지 않아. 3년 전에 만났던 여자에게 전해달라 는 부탁을 한 대원도 있었어."

"그럴 거라 생각했습니다. 다만 다들 오늘을 넘길 수 있을까 걱정을 해서 대표로 물어봤습니다."

"실행하고 있는지가 궁금한 건 아니고?"

"…아니라고는 못 하겠습니다. 죄송합니다."

"아니, 이해해. 나 역시 한때는 귀족을 믿지 못하는 평민이었으니까. 일이 어떻게 진행되고 있는지 직접 확인해 보자고."

수정구를 꺼내 시엔에게 연락했다. 그리고 화면을 한쪽 벽에 비추었다.

─어제 부탁하신 일 때문에 연락하셨나 보군요?

"오후에 또다시 싸우러 나갈 사람들이라 걱정이 되나 봅니다."

─이젠 말씀을 낮추셔도 될 것 같은데요.

"임시 남작인데요, 뭘. 그건 나중에 얘기하고 어떻게 결과는 좀 나왔습니까?"

─어제 말씀해 주신 걸 토대로 현재 텔레포트 탑이 열려 있는 곳은 모두 사람을 보냈습니다. 그리고 현재 일곱 명에게 돈을 전달했다고 연락이 왔습니다. 화면을 기록해 뒀는데 보시겠습니까?

"그래주시면 고맙죠."

시엔은 새로운 수정구를 꺼내 화면을 재생했고 그것을 보여줬다.

예쁘장하게 생긴 여자와 꼭 닮은 딸이 화면에 나타났다.

"제시! 조슈아!"

키는 작지만 탄탄하게 생긴 서젯이 벌떡 일어나 벽으로 다가갔다.

화면 속 여성이 똑바로 보며 말했다.

―…여길 보고 말하면 저희 남편이 볼 수 있다는 건가요?

―볼 수 있을지 모르지만 아무튼 돈을 받았다는 기록을 해 둬야 해서 말입니다.

―서젯, 돈은 잘…….

―액수도 정확하게 말해주세요.

―네. 서젯, 300금은 잘 받았어요. 무슨 돈인지 정확하게 모르겠지만 위험한 일 하는 거 아니죠? …이 돈 없어도 되니 부디 몸조심하세요. 조슈아, 아빠한테 한마디 하렴.

여자아이는 낯선 사람들이 껄끄러운지 엄마 뒤에 숨어 고개만 살짝 빼곤 말했다.

―…아빠, 얼른 와서 같이 놀아요. 건강히 무사히 돌아오세요, 사랑해요.

"조슈아! …아빠도 사랑한단다."

생각지 않게 부인과 딸의 모습을 봐서일까, 서젯은 눈물을 흘리며 벽을 쓰다듬었다.

연이어 화면이 바뀔 때마다 대원들이 감정에 복받쳐하니 계속 볼 수가 없었다.

"식사는 방에서 하겠다. 다 보고 나면 수정구는 가져오도록."

어젯밤 적어도 수천 명을 죽였다. 오늘은 아마 더 많은 수를 죽이게 될 것이다.

그런데 고작 대원들의 모습을 보고 흔들리는 것은 한 마디로 이율배반이다.

대원들을 모두 책임지면 좋겠지만 그건 불가능했다. 이번 작전에서 모두 죽을 수도 있었다.

"빌어먹을 새끼들!"

복잡한 마음에 전쟁의 원흉들을 욕해보지만 기분이 풀리기는커녕 더욱 나빠졌다.

식욕이 사라졌다.

다만 오늘 저녁을 위해서라도 꾸역꾸역 쑤셔 넣어야 했다. 도저히 못 먹겠다 싶어 포크를 놓았을 때 쿠사가 노크를 하고 들어왔다.

수정구를 가지고 온 것이다.

"이렇게까지 신경 써주시다니 많은 대원이 감사해하고 있습니다."

"내가 약속한 일인데, 뭘. 가서 쉬어. 3시 40분에 나가야 하니까. 특히 오늘은 따로 움직여서 위험할 수 있으니 최대한 주의하라고 전해줘."

이제 잠시 눈을 붙일 생각이다.

'오늘도 무사하길.'

발칸 제국군에겐 저주의 말이지만 별동대원들에겐 바라 마지않는 말을 하곤 눈을 감았다.

*　　　*　　　*

발칸 제국군 행렬에 12명 정도가 들어야 하는 가마가 군데 군데 자리하고 있었다.

8서클 마도사들은 밤늦게까지 플린의 별동대에 대한 대책 회의를 했다. 그리고 회의가 끝나자 다른 습격을 대비해 긴장을 한 채 밤을 샜다.

그들의 컨디션 관리를 위해 가마를 준비한 것이다.

"음, 역시 잠은 밤에 자야 해."

잠에서 깬 올리버 공작은 미간을 살짝 찌푸리며 중얼거렸다.

8극천의 일인인 그가 밤낮이 바뀌었다고 컨디션에 이상이 생길 리는 없었다. 그저 심리적으로 피로하다고 느끼는 것뿐이었다.

"깨셨습니까?"

기척을 느낀 부관이 말했다.

올리버 공작은 커튼을 걷으며 부관에게 물었다.

"문제는 없는가?"

"첨병을 두 배로 늘려 운용하고 있지만 아직까진 적의 움직임이 없습니다."

"다시 밤에 공격해 오겠지."

"참모들 역시 그럴 거라 예상하고 있습니다."

"현재 위치는?"

"오늘 쉬려는 곳에서 두 시간 거리에 있습니다."

"약간 늦었군."

"어젯밤에 잠을 설친 병사들이 많아 속도를 조금 늦추었습니다. 속도를 높일까요?"

"됐다. 그래봐야 30분인데 컨디션만 망치게 될 터. 밤의 경비 계획은 수립되었나?"

"예, 아예 병사들의 숙영 범위를 넓힐 생각입니다."

"경계를 강화하는 효과와 포탄과 수탄 공격에 대한 피해를 최소화할 수 있는 효과까지, 나쁘지 않군."

"그리 말씀해 주시니 감사……."

갑자기 부관이 말을 멈추고 인상을 구겼다.

"무슨 일인가? 습격인가?"

"아닙니다. 12시 2군단 지역의 마법사들이 갑자기 사라지고 거대한 구가 생겨났답니다."

"함정인가?"

"모르겠습니다. 그래서 일단 전진을 멈추고 구에서 멀리 떨어져 있답니다."

"가보지."

"…네."

혹시 위험할지도 모른다고 말하려던 부관은 8극천인 올리버 공작을 걱정하는 것이 우습다는 생각에 얼른 대답을 하고 이동할 준비를 했다.

기사단과 함께 멈춰 있는 행렬을 뚫고 1군단 지역으로 향했다.

"저것인가 보군."

검은색 반원의 구는 멀리서도 한눈에 보일 정도로 컸다.

올리버 공작 일행이 다가오자 1군단을 맡고 있는 베안스 후작이 그에게 다가갔다.

"어찌 된 일인가?"

"병사들이 지날 때는 문제가 없다가 마법 기사단이 지날 때 갑자기 발동한 모양입니다."

"몇 명이나?"

"파악한 결과 105명이 갇힌 것 같습니다."

"허어~ 마나의 움직임을 보아 마법진 같은데 무슨 마법진인 것 같나?"

"파티에서 유행하던 미로 마법진 같습니다."

"아! 지론 남작가에서 시작되었다는?"

"예. 포틀빈 자작가에 유사한 것이 있습니다."

"한데 이게 어떻게?"

"듣기론 다른 귀족가에서 지론 남작에게 설치를 의뢰를 했는데 마법진을 만든 자가 실종되었다고 하더군요. 그자가 플린 왕국에 있을 가능성도 있습니다."

"자세히 아는군. 혹시 파훼법을 아는가?"

베안스 후작은 고개를 저었다.

"공간 마법을 잘 아는 홀트 백작에게 물어보아야겠군."

"물어보았는데 그도 모른답니다. 깨뜨리면 좋은데 그럼 안에 있는 이들이 어떻게 될지 모르니……."

"허어~ 답답한 노릇이고."

차라리 죽었다면 그냥 지나가면 되는데 정작 생사를 알 수 없으니 쉽게 결정을 내릴 수가 없었다.

이러지도 저러지도 못하는 상황. 부관이 나섰다.

"일단 움직이셔야 합니다. 기사단 백 명이 생사가 중요하긴 하지만 지금은 얼른 마지노 영지를 차지하는 게 우선입니다."

정론이었다.

결정은 올리버 공작 몫이었다.

'머뭇거릴수록 더 집요하게 길을 막으려 들 것이다.'

속도를 늦추는 건 하책이라 생각했다.

"후발대와 본국에 연락해 이번 일을 알리고 전문가의 도움을 받도록 하고 우린 움직인다. 그리고 7서클 마도사와 6서클 기사들이 첨병으로 나서 마법진이 있는지 살피도록 한다."

"명령 전하겠습니다!"

작은 함정 하나에 삼십만 넘는 군이 1시간 지체되었다. 그에 속도를 조금 높여 숙영지로 향했다.

으득!

"대체 어떤 놈이 이런 짓을 꾸몄는지 얼굴이라도 보고 싶군."

화를 잘 내지 않는 올리버 공작이 이를 갈며 말했다.

"너무 심려하지 마십시오. 여기까지 아무런 피해 없이 온 것만 해도 큰 공적입니다. 마지노 영지부터는 수도까지 바로 코앞이니 일단 이 평야 지대만 지나면 게릴라전도 더 이상 의미가 없을 겁니다."

"그래, 이 빌어먹을 평야 지대를 빨리 지나야지. 내일부터 속도를 좀 더 높여야겠다."

"그렇게 알리겠습니다. 마음을 편안하게 하는 차가 있는데 드시겠습니까?"

"그러지."

부관 덕분에 약간 기분이 풀어졌다. 하지만 그것도 잠시. 베안스 후작의 딜리버리가 들려왔다.

[전방에 아까 보았던 미로 마법진이 설치되어 있는 것 같습니다. 돌아서 갈까요?]

[좌우로 갈라져 피해 가도록 하세.]

[알겠습니다. 또 이상이 보이면 연락을 하겠습니다.]

연락을 끊은 베안스 후작은 바로 명령을 내렸다.

"기사단이 마법진 주위에 서서 행렬을 좌우로 인도한다. 혹시라도 건들지 않도록 유의하도록."

"예!"

기사들이 마법진 주위로 도열을 하고 병사들을 인도하자

거대한 행렬이 서서히 좌우로 갈라졌다.

그리고 어느 행렬이 지나갔을 때 마법진 위 하늘에서 무언가가 빠르게 떨어져 내렸다.

"플린의 마도사다!"

베안스 후작은 떨어져 내리는 것이 8서클 마도사임을 알았지만 땅에 내려서는 것은 막지 못했다.

*   *   *

쿵!

마법진이 내 몸의 마나를 측정하곤 활성화되었다.

앞서 만들어둔 마법진도 이번 마법진도 마나의 양을 측정해 작동되는 트랩이었다.

물론 앞의 것은 미로 마법진이지만 이번 것은 몸을 감추기 위한 마법진이고, 내부에서는 안이 보이지 않지만 안에서는 외부가 훤히 보인다는 점이 달랐다.

차르르르륵!

금속판들이 날아올라 두 개의 텔레포트 마법진을 만들었고 빛과 함께 대원들 11명과 수탄, 포탄 박스가 나타났다.

"작은 원을 나가서 던지고, 피할 땐 작은 원 안으로 다시 들어온다. 신호를 주면 탈출을 준비하도록."

지시를 내린 후 합성패 수십 개를 뽑아 마법진 밖으로 나갔다.

얼떨떨해하고 있을 뿐 아직까지 상황을 파악하고 있는 이들이 없어 보였다.

'그럼 나야 좋지.'

합성패들이 두 개씩 짝을 지어 팔방으로 흩어졌다. 그리고 공중에서 하나가 되었다.

쾅! 콰콰콰쾅!

"크악!"

"으악!"

합성 마법이 동시다발로 터졌다.

위험을 느끼고 피하는 이들도 있었지만 개의치 않고 계속 작동을 시켰다.

이제야 상황을 파악한 이들은 마법패를 피해 산개했고 일부는 반격에 나섰다. 그러나 6서클 이하의 공격은 굳이 신경 쓸 필요도 없었다.

"멈춰라아아아아아!!"

8서클 마도사가 날아왔다.

'통하려나?'

다가오는 속도를 이용해 중력장을 쏘았다.

"또 당할 것 같으냐!"

상대 마도사는 블링크를 이용해 중력장을 피하곤 주변의 마나를 모았다.

"인페르노!"

일정 범위의 불이 직선으로 쏟아지는 7서클 마법.

8서클이 사용하는지라 강력하기가 7서클과 비교도 되지 않았다.

'여기서 피할 수 없지.'

아직 한 명밖에 없었다.

몇 초 후면 속속 도착할 터. 지금 피해를 최대한으로 늘려야 했다.

"쉘!"

쉘을 화살촉 모양으로 만들어 전면을 방어했다.

다가온 불길은 쉘에 막혀 좌우로 갈라졌다. 그리고 그 불길이 제국군을 휩쓸었다.

"이 개자식이!"

"염병! 지가 죽여놓고 나한테 지랄이야!"

말이 오가는 와중에도 마법패는 계속 공격을 퍼부었고, 반원형 마법진에서 나온 수탄과 포탄은 50퍼센트의 확률로 제국군에게 떨어졌다.

양 떼 속에 뛰어든 호랑이가 뛰어들면 이럴까. 제국군은 속수무책으로 당했다.

하지만 꿀을 빠는 건 여기까지였다.

세 방향에서 8서클 셋, 7서클 여섯이 몰려왔다.

특히 뒤에서 다가오는 8서클의 살기는 척추가 찌릿할 만큼 강했다.

'올리버 공작이군. 그럼 실력이나 한번 볼까.'

우우우우웅!

내 의지에 일대의 마나가 움직이며 여러 곳에서 뭉치기 시작했다. 그리고 시뻘건 태양 같은 파이어 볼 여덟 개가 만들어졌다.

볼이라기엔 지나치게 컸지만 말이다.

'이런 것도 가능하구나.'

흑탑의 마도사와의 싸움 이후 날이 갈수록 한계의 벽들이 서서히 무너짐을 느꼈다.

피트의 말 때문이었는지도 모른다.

막연하지만 손에 잡힐 듯한 느낌. 아직 그 끝자락을 잡지 못했음에도 세상을 보는 눈이 조금 달라졌다. 그리고 그 조금의 변화가 불가능할 것 같은 마법을 만들어냈다.

일대의 기운이 순식간에 올라갔다.

그리고 이글거리는 파이어 볼들은 멀찍이 떨어진 채 대기하고 있는 마법병단, 기사단, 공병대, 운반 부대들에게로 날아갔다.

"놈!"

예상과 달리 올리버 공작은 태양처럼 빛나는 파이어 볼은 신경도 쓰지 않고 달려왔다.

물론 나에게 반갑지 않은 선물을 주는 것도 잊지 않았다.

바람의 칼날들이 조금의 틈이라도 있으면 들어와 목을 날려 버릴 듯이 시끄럽게 쉘을 두드렸다.

방어력이라면 타의 추종을 부러워하는 쉘의 유일한 단점은 방어를 위해 완전히 둘러싸면 마법을 쓸 수 없다는 점이었다.

정 쓰고 싶으면 약간의 틈이라도 만들어야 하는데 올리버 공작의 바람은 틈을 용납하지 않았다.

"네놈이 어젯밤의 그놈이겠군."

가까이 다가온 그가 으르렁거렸다.

"좋은 말 못 들을 거라곤 생각했지만 초면에 놈이라니, 말이 좀 지나치시네."

"혀가 짧군."

"오는 말이 고와야 가는 말이 곱다는 발칸 제국 속담을 모를 정도로 철없는 분은 아닌 거 같은데."

으득!

"이런다고 과연 우릴 막을 수 있을까?"

"못 막는 거 알아. 하지만 미지노 영지를 차지할 수 있을지는 미지수가 되지 않을까?"

"우리가 차지하게 될 거다."

"웃기는군. 산책 나와서 도토리 줍듯이 플린 왕국을 주워 갈 생각이었나?"

"그렇게 될 거야!"

오만이라 생각될 만큼 자신만만한 어조다.

비웃어주고 싶었다. 근데 왠지 모를 불길함에 입을 열지 못했다.

'숨겨진 패가 아직 많은 건가?'

자신감의 근원이 궁금했지만 지금 상황에서 깊이 생각할 일은 아니었다.

"아! 하나쯤은 떨어졌으면 했는데 모두 실패했군요. 게다가 다른 마도사들이 저를 반기러 오는 듯하니 이만 가봐야겠네."

내가 만든 파이어 볼은 모두 사라졌다.

진짜 태양이 떠 있음에도 여덟 개의 빛이 사라지는, 마치 밤처럼 어두워졌다는 착각마저 들었다.

"도망갈 수 있을 거라 생각하나?"

"자신을 너무 과대평가하는군. 이깟 바람이 무서워서 이러고 있다고 생각해? 떼거리로 붙으면 죽이지 못할 것 뻔하니 힘 빼기 싫어 그런 거야."

"그럼 빠져나가 보든가."

올리버 공작의 공격이 사나워지며 쉘을 두들기는 강도가 점점 강해졌다. 그리고 나머지 일곱 명의 8서클 마도사의 사정권 안이었다.

이제 탈출할 시간이다.

난 오른발을 높이 들며 쉘을 없앴다.

방어막이 사라지자 올리버 공작의 날카로운 바람과 마도사들의 다양한 공격이 몸을 찢고 뚫고 짓이길 듯이 다가왔다.

"신의 발자국!"

발로 땅을 밟으며 외쳤다.

센스 따윈 고려하지 않고 마음 내키는 대로 이름 지은 신의 발자국은 중력장의 응용 버전이었다.

무지막지한 마나의 양으로 일정 영역에 엄청난 중력을 부여하는 중력장과 달리 넓은 지역을 짧은 시간 동안 중력을 증가시켰다.

쿠~ 웅!

내 발 구름과 함께 일대의 중력이 순간 수십 배 늘어났다.

올리버를 비롯한 마법사들의 마법은 바닥으로 달라붙어 버렸고 날아오던 마도사들은 땅에 곤두박질쳤다.

운이 나쁘게 영역 안에 들어와 있던 기사단과 병사들 중 상대적으로 마나가 약한 이들은 순간 목뼈와 허리가 부러져 쓰러졌다.

"빠져나가 보라고 호언장담하던 분은 어디 갔나? 아! 내 발밑에 무릎을 꿇고 있네. 그럼 또 봅시다, 올리버 공작. 하하하!"

뒤로 물러나 마법진 안으로 들어왔다.

여유롭게 들어왔던 것과 달리 서둘러 말했다.

"마법진 위에 올라서! 3초!"

나라면 어떻게 할까. 생각해 보면 간단했다.

미로 마법진을 날려 버리면 된다.

귀찮아서, 혹은 주위의 병사들이 피해를 입을까 피한 거지 파괴를 하지 못해 피한 건 아니었다.

아니나 다를까, 마법진에 압력이 벌써 가해지고 있었다. 곧 폭파될 것이다.

"텔레포트!"

대원들이 사라지는 걸 보고 바로 이동했다.

쿠아앙!

진동과 먼지구름은 이동한 곳에서 느끼고 볼 수 있었다. 상당히 먼 거리였음에도 마나가 미친 듯이 흔들리고 흙먼지가 피어올랐다.

"휴우~ 어마어마한 폭발이군. 지금이다! 모든 화력을 일시에 쏟아붓고 떠난다!"

쥰 자작이 외쳤다.

현재 이동한 곳은 적의 후미.

8서클 마도사들이 나에게로 올 때를 대비해 만들어둔 한 수였다.

여덟 개의 파이어 볼도, 마법진이 폭발될 때 더욱 강하게 폭발되게 만들어둔 것도 다 지금 이 순간을 위해서였다.

쥰 자작과 서른 명의 기사단, 별동대원 스물두 명이 일제히 후방 지원 부대를 공격했다.

식량이 불에 타고 수많은 병사가 죽어나갔다.

반격이 있었지만 손짓 한 번에 막을 수 있는 수준.

"한 방 시원하게 먹이고 가야지."

두 손을 뻗었다. 그리고 오른손으론 3중첩 파이어 볼을, 왼손으론 허리케인을 적진 위에 만들어냈다.

바람과 불을 이용한 합성 마법.

푸아악! 콰앙!

불의 폭풍이 적들 위에 펼쳐졌다.

"크아아아아아악!"

수많은 병사가 순식간에 합성 마법에 휩싸였다.

마법패를 이용하지 않았지만 둘 다 7서클 마법이라 위력은 어마어마했다.

방금 전까지 살아 숨 쉬던 이들이 숯덩이가 되었고 살이 타는 냄새가 일대를 뒤덮었다.

참상을 만든 나조차도 인상이 구겨졌다.

그러나 감상에 빠져 있을 틈이 없었다. 예상보다 빠르게 마도사들이 다가오고 있었다.

"탈출해!"

쥰 자작과 열다섯 명의 기사가 마법진 위에서 사라졌다. 이어 쿠사 팀 열한 명의 별동대원이 탈출했다.

다시 기사 열다섯이 탈출했을 때 올리버 공작과 마도사들이 거의 도착을 했다.

'서둘러, B팀!'

내 속마음과 달리 하필이면 도착하기 직전에 한 명이 돌부리에 걸려 넘어졌다.

한데 살겠다가 바동거리며 텔레포트 마법진 위에 손을 올렸다.

"빌어먹을 자식, 마법진에 손대지 마! 죽여! 아님 손이라도 잘라 버려, 이 병신들아! 다 죽을 셈이야!"

이미 마법진 위에 있는 열 명과 쓰러진 자에게 소리쳤다.

약간의 망설임이, 살겠다는 욕심이 마법진 발동을 멈추게 만들었다.

"⋯⋯!"

열한 명은 어찌할 바를 몰라 우왕좌왕하고 있었다.

이미 도착한 마도사 중 한 명의 상단전이 빛나기 시작했다.

서젯의 절망 어린 눈빛이 보였다.

뭘 보고 있을까? 그의 가족?

"빌어먹을!"

입술을 깨물었다.

처음부터 기사가 아닌 병사들을 별동대로 뽑은 건 말을 잘 듣는다는 점도 고려 대상이었지만 이런 상황을 염두에 뒀기 때문이다.

쉽게 버릴 수 있다고 생각했기 때문이다.

그들의 보상금을 직접 전달해 준 것 또한 알량한 인간애가 아닌 마음속의 미안함 때문이었다.

난 정말 최선을 다했다.

잠도 못 자면서 마법진을 그렸고 그들의 안전을 위해 노력했다.

작전을 짤 때도 공격보다 탈출을 우선 고려했다.

지금도 마찬가지다.

경고를 했음에도 버리지 못한 놈과 살겠다고 동료의 목숨까지 위험하게 만든 병신 같은 놈 때문이지, 내 탓이 아니었다.

근데… 왜 이렇게 마음이 편치 않지? 내 손으로 죽여 버리고 싶은 저 머저리 같은 인간들이 죽으면 왜 가슴이 아플 것 같지?

더 머물면 나도 위험하다.

지금 서 있는 곳은 이동할 때까지 잠시 버텨줄 안전지대도 없다.

얼마나 강하게 물었는지 입술이 터지면서 비릿함이 입안에 맴돌았다. 정신이 들었다.

그래, 내 잘못은 없다. 저들을 버리자.

'텔레……'

사실 난 텔레포트로 이동하는 게 아니다. 텔레포트론 지금까지처럼 빨리 이동할 수 없다. 그저 블링크와 텔레포트를 혼합해 조금 더 멀리 이동을 할 뿐이다.

두 개의 장점을 취했지만 두 개의 단점 또한 포함된 마법이었다.

수많은 얼음 창이 그들을 향해 내려오고 있었다.

눈을 질끈 감고 외쳤다.

"텔레블링크!"

스팟! 콰콰콰콰콱!

11명의 B팀이 사라졌다. 이상한 곳에 도착해 어리둥절해하겠지만 금방 마지노 영지로 찾아갈 것이다.

"하하하, 머저리들. 돌아가면 쓰지도 못하는 오른손을 하나씩 잘라 버리든가 해야지."

"하던 일 계속해야지 않겠나?"

올리버 공작과 마도사들은 넷씩 사방에 두 겹으로 나를 에워싸고 있었다.

"무릎을 꿇으면 놓아줄 겁니까?"

"…아까 그 오만한 태도는 어딜 가고 이렇게 약한 모습을 보이나?"

"8 대 1로 포위되어 보면 내 마음을 알 겁니다."

"난 그래본 적이 없어서. 아마 앞으로도 그럴 거야. 기껏 병사 몇 명을 내 목숨을 바꾸는 일은 없으니까."

"훗! 그 말엔 나도 찬성합니다. 시작합시다. 참, 놓아주지 않는 걸 알았으니 말을 다시 깔게."

"그러게. 그래야 내 분노를 제대로 풀 수 있을 테니."

"지랄, 다시 무릎이나 꿇지 마."

난 의지로 마나를 움직였다.

52장
발칸의 힘

쾅! 콰콰콰콰콰!

쉘이 모든 힘을 분산하지 못하고 내부로 충격이 전해졌다. 그 탓에 훌훌 날아 바닥에 처박혀 커다란 고랑을 만들고 나서야 몸을 가눌 수 있었다.

고개를 흔들어 정신을 차릴 시간이 없었다.

이미 여덟 명의 마도사는 날 중심으로 처음과 똑같은 위치를 점하고 있었다.

'협공에 이렇게 능할 줄이야. 생각도 못 했어.'

유기적이라고 할까 살아 움직인다고 할까. 부지런히 움직이면서 뚫어보려고 했지만 처음 네 명도 제대로 뚫지 못하고 번

번이 이렇게 바닥과 키스 중이다.

한 곳을 뚫으려고 하면 네 명의 힘이 집중된다. 그것도 순식간에.

솔직히 한 명에게조차 손도 대지 못하고 번번이 바닥을 구르면서도 이렇게 버티고 있는 내가 자랑스럽다.

3분간 이런 엿 같은 상황에서 살아남은 건 기적이나 다름없었다.

8극천, 12패왕.

자신 있게 얘기하지만 그들 중 나보다 강한 자는 몇 명 없을 것이다.

연신 공격을 하면서도 마치 날 괴물처럼 바라보고 있는 올리버 공작만 봐도 알 수 있었다.

콰콰콰콰콰! 쿵!

생각하는데 공격을 하다니, 반칙 아닌가.

아! 농담이다. 전쟁에 반칙이 어디 있겠는가. 이기는 놈이 로열 스트레이트 플러시다.

"항복해라. 네놈이 탐나서 하는 제안이다."

고맙게도 잠시 쉴 시간을 주는 건가? 그렇다면 길게 시간을 끌어야겠다.

사실 마나가 간당간당하다.

신의 발자국이라는 괴상한 기술은 마나 먹는 하마라고 할 만큼 많은 마나가 필요했는데 그때부터 지금까지 쉬지 않고 소모만 하고 있었으니 죽을 맛이었다.

"정말 내가 항복할 거라 생각하고 하는 제안이야?"

"본래 플린 왕국 출신도 아니지 않은가, 존슨 경. 아니, 아우스 경이라고 불러야 하나?"

"하아~ 그건 어떻게 알아냈지?"

"미로 마법진. 수도에선 젊은이들이 여전히 파티에서 즐겨하고 있다더군."

"아! 그걸 잊고 있었네."

"너에게 세습 백작 작위와 땅을 주겠다. 와라."

솔깃한 제안이다. 혼자 몸이라면 그냥 그러겠노라 바로 답했을 것이다.

"제안은 고맙지만 나도 이곳에 지켜야 할 사람이 있어서 말이야."

"어쩔 수 없지. 생각이 바뀐다면 언제든 환영이네."

"훗! 내가 도망가지 못할 거라 확신하는군."

"우리의 진법을 깰 수 없어."

"지금 취하고 있는 방법을 진법이라 부르나? 그러나 어쩌지? 난 이미 진법을 무효화시킬 수 있는 방법을 깨달았는데 말이야."

말이 끝남과 동시에 플라이트를 이용해 하늘로 솟구쳤다.

진법이라 일컫는 저들이 포메이션은 마나로 나를 옭아매고 있어 어떻게 움직일지를 파악하고 있었기에 발칸의 마도사들은 순식간에 따라 올라왔다.

내가 발견한 그들 진법의 단점은 의외로 간단하다.

평면적인 진법이라는 것.

그렇다면 하늘에선 어떨까? 중력의 방향으로 보면 전후좌우가 구분이 되지만 중력을 무시한다면?

나에겐 움직일 공간이 의외로 많이 생기고 적들은 막아야 할 곳이 그만큼 많아진다는 소리다.

난 직선이 아닌 포물선처럼 올라가고 있었고 그들은 옭아맨 마나를 통해 정확한 거리를 유지한 채 그대로 따라왔다.

"앗! 막아야 합니다! 이대로라면 진법이 깨집니다."

에리안이 실종되었을 때 특이한 공간 마법을 쓰던 마도사가 외쳤다.

"늦었어!"

이미 하늘을 이불 삼아 누운 상태. 중력 기준으로 상하는 막혀 있지만 좌우는 완전히 뚫렸다.

물론 도망가기엔 힘들었다. 여전히 그들의 마나에 의해 얽매여 있었으니까.

다만 이젠 한 명을 상대할 때 넷을 상대하는 것 같은 느낌은 없어질 것이다.

속도를 이용해 외곽에 있던 눈치 빠른 마도사를 향해 접근했다.

마법이 아닌 수강을 두른 육탄 공격.

"프로텍트!"

쾅! 쩌적!

아까는 꿈쩍도 안 하던 프로텍트에 금이 갔다. 느낌상 두 명이 협력 중인 듯했다.

몇 방 더 때리면 부수고 아웃시킬 수 있겠지만 금이 갔던 프로텍트가 다시 이어 붙는 걸 보니 추가로 한 명의 마나가 유입되고 있었다.

그 말인즉, 움직이지 않으면 다시 갇힌다는 뜻이었다.

다시 빠름을 이용해 다른 이를 공격하기 위해 움직였다.

하늘에서 이루어지는 입체적인 공중전이 본격적으로 시작됐다.

쾅! 콰광! 쿠웅! 푸왁!

누구보다도 빠르게 움직이며 강하게 공격하는데도 철벽을 두들기는 것처럼 진법은 견고했다.

다만 젊어서인지 저들보다 전투 감각이 좋아서인지 모르지만 점점 유리하게 흘러가고 있었다.

어디가 땅인지 어디가 하늘인지 중요하지 않았다. 그저 빈틈을 노리고 약한 자를 노렸다.

꺼내지도 못하던 수십 자루의 검을 함께 움직일 수 있게 된 것도 다행이라면 다행이었다.

물론 검 한 자루 한 자루에 8서클 마도사를 상대할 수 있을 만큼 힘을 넣진 못했지만 귀찮게 만들기엔 충분했다.

'숨겨진 한 수도 있지.'

마법패를 만들 때였다.

검에도 가능하지 않을까, 라는 생각을 했고 검에도 합성 마법을 그려 넣을 수 있었다.

북쪽의 마도사를 공격하는 동안 두 개의 검이 남쪽의 마도사에게로 향했다.

그는 진법을 유지하면서 귀찮은 듯 손을 흔들었고 두 개의 검은 제대로 접근조차 하지 못하고 튕겨졌다. 근데 튕겨졌던 두 개의 검이 빙글빙글 돌면서 겹쳐지려 했다.

'지금!'

북쪽에서 남쪽으로 몸을 움직였다. 그때 두 개의 검이 겹쳐지며 빛을 내뿜었다.

콰앙!

남쪽의 마도사는 전혀 생각지도 못한 공격을 받아 비틀댔다.

8서클 마도사라 큰 피해를 주지 못했지만 화상을 입히고 잠깐 눈을 감게 만들기엔 충분했다.

"조심해!"

눈치를 챈 이들이 공격으로 내 공격을 막으려 했지만 내가 조금 더 빨랐다.

쩡! 푸욱!

"크아악!"

생성되던 프로텍트를 뚫어버리고 동시에 그의 어깨도 뚫어

버렸다.

'젠장! 몸을 비틀다니.'

단숨에 죽이지 못하면 다음은 없었다. 아니나 다를까, 세 방향에서 온몸을 노리고 무지막지한 공격들이 밀려왔다.

진법을 깨뜨렸다는 것만으로 만족하기로 하고 검을 움직여 방어를 하며 다음 사람을 노렸다.

한데 마도사들의 위치가 갑자기 바뀌었다. 그리고 공격하려 는 마도사가 같이 손을 뻗어오는 게 보였다.

미쳤나?

양팔에 수강을 두르고 있어 뼈도 두부처럼 날려 버릴 수 있 는데 부딪혀 오다니…….

난 마도사가 미쳤다고 생각했다.

프로텍트만 두르면 난 다시 움직여야 하는데 이렇게 나와주 니 고맙기까지 하다.

손과 손이 부딪혔다.

두부처럼 으깨질 거라 생각했던 것과 달리 상대의 기운은 내 예상을 훨씬 웃돌았다.

콰앙!

어깨가 빠질 듯한 통증과 함께 뒤로 훌훌 날았다.

일곱 명의 힘이 마도사에게 전달된 모양이었다.

몸을 바로 잡았을 때 비로소 내가 저들에게 역으로 당했음 을 깨달았다.

"하아? 새로운 진법!"

일곱이 물결무늬처럼 서 있는데 다친 마도사는 반대편 쪽에서 상처를 치료하고 있었다.

"마나가 고갈될 때도 됐을 텐데, 정말 괴물 같은 놈이군."

전부를 썼을 때 반쯤 차오른 마나 역시 절반 이상 쓴 상태였다.

시치미를 떼며 말했다.

"내가 마나가 좀 많거든."

말을 하면서도 눈으로는 새로운 진법의 약점을 찾기 위해 부지런히 움직였다.

"미안하지만 아까의 제안은 없었던 것으로 하지."

"무슨… 아하! 이제야 진짜 죽일 마음이 생긴 건가?"

"확실하게 제국에 충성을 하지 않을 거라면 네놈은 너무 위험해."

"칭찬으로 들을게. 그나저나 본격적으로 한다니 바로 시작하는 게 좋을 것 같네. 7인용 진법은 꽤 약점이 많은 것 같거든."

다친 사람을 격리해서 치료를 위한 방어용 진법처럼 보였다.

"쉽지 않을 텐데."

"공격을 한다면 말이지."

난 도망치려는 사람처럼 빠르게 진법에서 물러났다.

"…영악한 놈."

맞다. 내 목적은 싸워서 이기는 것이 아니다.

방어를 한 채 있어주면 나야 고맙다. 저들의 영역에서 조금만 거리를 벌릴 수 있으면 텔레블링크를 통해 도망치면 그뿐이다.

'역시나.'

넷만 따라왔다. 치료가 끝날 때까지 지키고 있을 모양이었다.

다가오는 네 사람에서 흉흉한 살기가 뻗치는 걸 보아 죽일 작정인 듯했다. 그러나 여덟일 때와 비교하자면 기회였다.

'이번에 반드시 탈출한다.'

획! 휘리리리릭! 획획!

올리버 공작의 공격을 시작으로 주변의 마나가 요동친다.

무거운 물건이 떨어지듯 몸을 아래로 떨어뜨리며 피한 후 그대로 스물네 개의 검을 가장 약해 보이는 이에게 쏘았다.

따당! 따당! 따당!

프로텍트에 막혀 여기저기로 튀어 오르는 검들. 그러나 불규칙하게 튀어 오른 검들은 또 다른 이들을 공격했다.

"귀찮은 날 파리 같군."

공격일변도였던 올리버 공작이 방어에 나섰고 다른 사람들이 공격을 했다.

'저 인간 방어가 오히려 더 강하군.'

바람 계열과 암흑 계열은 저서클일 때는 차이가 있지만 고서클이 되면 구분이 미약해진다.

바람을 투명 손처럼 이용할 수 있는 것이다.

7서클 때 대여섯 개의 투명 손을 만들어 사용하던 내가 지금은 검 수십 자루 움직일 수 있는 것도 그와 같은 이유에서다.

내가 움직이는 마나와 올리버 공작이 움직이는 마나가 공중에서 뒤엉켰다.

그러다 보니 검이 제대로 접근조차 못 했다.

1분 정도 쫓고 쫓기는 공중전이 계속됐다.

'이러다 마나가 고갈되어 죽는다.'

이제 위험을 감수하더라도 뭔가 수를 내야 할 때였다. 일부러 거리를 벌여둔 네 명도 곧 합류할 모양새였다.

'젠장, 구름이라도 있으면 좀 숨을 텐데.'

구름 한 점 없이 맑은 하늘이 원망스러웠다.

잠깐 생각하는 사이 세 개의 마법 공격이 들이닥치고 있었다.

마도사의 마법답게 위력 하나하나가 강했다.

'분명 피할 거라 생각하겠지.'

네 마도사의 눈이 어디로 피하고 접근할지를 예상하느라 바빴다.

결정했다.

'뚫는다!'

쉘을 두르고 할 시간도 없었다.

파앙! 하는 소리와 함께 이미 세 개의 마법 사이로 뛰어들었다.

노린 곳은 화염 마법과 얼음 마법 사이. 쉘과 비교도 안 될 만큼 빨리 만들 수 있는 쉴드만 두른 채였다.

치직!

'크윽!'

쉴드는 절반도 지나지 못해 너덜너덜해졌고 두 개의 마법이 몸을 덮쳤다.

얼음도 뜨겁고, 불도 뜨거웠다.

머리카락과 눈썹이 타며 텁텁한 냄새가 났다. 그러나 냄새가 난다는 것은 살아 있다는 얘기였다.

뚫고 나자 네 마도사의 눈이 커졌다. 특히나 네 명 중 가장 앞에 있는 마도사의 눈은 경악에 가까웠다.

통과하면서 아낀 마나를 한쪽 팔에 집중시켰다.

앞에 있는 마도사의 몸에 프로텍트가 생성이 됐고 세 명은 앞에 있는 이에게 마나를 몰아줬다.

'미안하지만 내가 노리는 건 당신이 아냐!'

등에 있던 아공간 가방에서 무언가 튀어나와 뒤에서 마나를 몰아주고 있는 마도사의 발목을 향해 날아갔다.

철컥! 철컥!

"뭐, 뭐야?"

"뭐긴, 마나 제어 족쇄지!"

얼음의 성에서 얻은 족쇄였다.

마나가 묶이자 자유낙하를 시작하는 마도사. 세 마도사의 눈이 그를 향했지만 그들은 움직일 수 없었다.

왜냐하면 내 주먹이 프로텍트를 향해 날아가고 있었기 때문이다.

콰앙!

정말 혼신의 일격이었다.

그러나 세 명의 마나로 이루어진 프로텍트를 부수기엔 부족했다.

반탄력에 의해 나도 세 마도사도 물러났다.

물론 내가 두 배 가까이 더 뒤로 물러났지만 패배감 따윈 없었다.

난 세 마도사에게 웃어주곤 바로 떨어지고 있는 마도사를 향해 몸을 날렸다.

황당함과 떨어져 죽을지 모른다는 공포가 잘 버무려진 얼굴이 점점 다가왔다.

내 뒤를 치료가 끝난 네 마도사를 포함한 일곱이 뒤쫓고 있었다.

'죽일까?'

무방비의 마도사를 보니 괜한 생각이 떠올랐다.

떨어지는 자는 분명 죽일 수 있다. 그러나 마나가 떨어진 나 역시 일곱의 손에 죽을 것이다.

말 그대로 괜한 생각이다.

저들의 정신이 떨어지는 마도사에게 가 옭아맨 마나가 없어져 있는 지금 탈출하는 게 정상이다.

'텔레블링크!'

땅으로 내리꽂히던 내 몸이 순식간에 사라졌다.

발칸 제국군 좌측에 있는 숲으로 이동한 나는 몸을 숨긴 채 마나가 반쯤 차오르길 기다렸다가 마지노 영지로 이동했다.

"아! 아우스 남작, 무사했군요."

밭에서 서성이던 쥰 자작이 엄청 기뻐했다.

"별동대원들에게 들었습니다. 그들을 구하다가 낙오를 하셨다고요. 왜 그러셨습니까? 목숨에 경중은 없다지만 일에 경중은 있는 법입니다."

"…제가 잠깐 미쳤나 봅니다. 그들은 어디에 있죠?"

"일단 술집에 가서 대기하라고 했습니다."

"신경 쓰게 해드려 죄송합니다. 그리고 밤에 예정된 작전은 하지 않는 게 좋을 것 같습니다. 저들이 워낙 독을 품고 있어서."

"안 그래도 그 때문에 전할 말이 있습니다. 더 이상 게릴라전은 하지 않아도 될 것 같습니다."

"마도사들이 추가됐습니까?"

"예. 뮤트 제국이 도움을 주기로 했습니다. 그들 입장에서도 발칸 제국의 확장이 달갑지 않았던 모양입니다."

플린이 망하면 동에스란 역시 발칸 제국에게 넘어갈 것이다.

그런 상황에 만약 뮤트 제국이 서에스란을 차지하게 되면 강 하나를 두고 두 제국이 국경을 마주해야 하는데 달가울리 없었다.

"다행이군요."

뮤트 제국이 무슨 의도로 도와주는지에 대해선 관심이 없다. 더 이상 게릴라전을 하지 않아도 된다는 것만으로도 충분했다.

쥰 자작과 헤어진 후 별동대원이 쓰고 있는 여관으로 갔다.

"…살고 싶었어! 마법진을 건드린 건 의식해서 한 짓이 아냐. 그저 살고 싶었다고!"

"미친 새끼! 네놈 목숨만 소중하냐? 아우스 남작님이 아니었으면 우리까지 다 죽었을 거야!"

아로네와 넘어지며 마법진을 건드렸던 풀스가 싸우고 있었다.

"씨발! 살았잖아! 그럼 된 거잖아!"

"그럼, 아우스 남작님은?"

"…살아 있을 거야."

풀스는 나지막이 속삭이듯 말했지만 내 귀엔 확실하게 들렸다.

만일 자책 어린 울음 섞인 목소리가 아니었다면 들어가서 다리 두 쪽을 부러뜨려 버렸을 것이다.

"뭐? 이 새끼가 정말!"

퍼억! 콰직!

아로네의 주먹질에 풀스가 쓰러지며 탁자가 부서졌다. 한데 풀스는 쓰러진 채 움직이지 않고 말을 이었다.

"남작님은 강하잖아. …그러니까, 살아 있을 거야. 아니, 분명 살아 있어! 빌어먹을……!"

어쩌나 처연한 말투였는지 아로네는 더 이상 말을 못 했다.

'실컷 괴롭히려 했더니…….'

충분히 괴로워하고 있어 보였다.

사실 내 맘 편하자고 살려놓고 이제 와서 괴롭히는 것도 조금 치사하긴 했다.

벌컥 문을 열고 들어갔다.

"헉! 아, 아우스 남작님!"

"……!"

모여 있던 스물두 명 모두가 죽었던 사람이 돌아온 것처럼 놀랐다.

"뭐야? 내가 죽은 줄 알고 추도식이라도 하고 있었던 거냐?"

"아, 아닙니다."

아로네는 얼른 정신을 차리고 대답했다.

"그럼? 폴스에게 벌을 주고 있었던 거냐? 웬만큼 괴롭혔으면 적당히 해라. 오늘로 너희들의 임무가 끝날지도 모르니까."

"…그게 무슨 말씀이십니까?"

"뮤트 제국이 전쟁을 돕기로 했다는 소식이다. 위험하게 계속 게릴라전을 할 이유가 없어진 거지."

"그렇다면 저희들은?"

"원래 부대로 돌아가거나 별도의 작전에 투입될 수도 있겠지. 결정이 나면 말해줄 테니 쉬어라. 나도 좀 쉬어야겠다."

2층으로 올라가려 할 때 풀스가 다가왔다.

"…죄송합니다."

"이러니저러니 해도 내 탓이기도 해. 널 저지 못 한 B팀도 문제이기도 하고. 하지만 팀원들에겐 확실하게 사과해라. 네가 죽일 뻔한 이들이었으니까."

더 얘기하면 정말 한 대 칠 것 같아 내 방으로 올라왔다.

오늘 발칸의 마도사들이 초반에 나를 영입하려 했기에 파훼법을 알아내고 살았던 거지, 처음부터 작정을 했다면 분명 죽었을 것이다.

방으로 와 프링크 영지로 연락이나 할까 했지만 포기했다. 눈치 빠른 에리안이 오늘 일을 알게 되면 당장 달려오려고 할 수도 있었다.

이런저런 생각 끝에 잠이 들었다. 한데 10시쯤 되어서 베트랭 공작의 인기척이 느껴져 잠에서 깼다.

[단잠을 깨워서 미안하네. 오늘 있었던 일에 대해 듣고 싶어서 왔네.]

[나가겠습니다.]

전쟁 중임을 생각하면 그의 행동은 타당했다.

여관을 나서자 베트랭 공작이 씨익 웃으며 손을 흔들었다.

"쥰에게 자네가 적진에 남게 되었다는 말을 들었을 때 죽었을 것이라 생각했는데 살아 있었군."

"운이 좋았습니다."

"자네는 항상 운이 좋군. 여기서 이러지 말고 자리를 옮기지. 타칸 후작과 슈린 백작도 기다리고 있네."

"먹을거리가 있는 곳이면 좋겠군요."

자고 났더니 기분이 나아졌다. 그래서인지 꾸역꾸역 먹었던 점심 이후로 아무것도 먹지 못한 것이 생각났다.

"보잘것없는 직위가 때론 도움이 된다네. 가세. 괜찮은 술도 많다네."

베트랭 공작과 함께 작전실로 가자 타칸 후작과 슈린 백작이 앉아 얘기를 나누고 있었다.

"자신에 대한 가치를 모르는 친구가 왔군, 큭큭큭!"

"쩝! 제 가치는 모르겠고 목숨의 소중함에 대해선 알게 됐습니다."

"당연한 일을 배우는데 꽤 위험한 선택을 했네요."

타칸 후작의 말에 슈린 백작이 한마디 거들었다.

"자는 사람 훈계하려고 깨운 건 아닐 테고, 궁금한 것이 있으면 물어보세요."

"그럼 사양하지 않고 물어보겠네. 어떻게 탈출했나?"

숨길 일은 아니었기에 겪었던 일을 말해주었다.

"맙소사! 올리버 공작을 포함해서 8 대 1로 싸웠단 말이에요?"

놀란 세 사람을 대표해 슈린 백작이 물었다.

"어쩌다 보니까 그렇게 됐습니다."

"…혹시 9서클인가?"

타칸 후작이 허탈한 듯 말했다.

"아뇨. 한계를 조금 넓혔다 뿐이지 9서클은 아니죠. 아마 9서클이었다면 그 여덟 명은 모두 시체가 됐을 겁니다."

9서클을 상대하기 위해 만든 진법인지는 정확히 모르겠지만 만약 그렇다면 발칸의 마도사들은 잘못 생각하고 있었다.

되어본 적이 없어서 정확히 '9서클은 이렇다'라고 말할 수 없지만 정말 상상을 현실화시킬 수 있는 경지가 아닐까 생각했다.

"그럼, 8서클의 끝?"

"글쎄요, 8서클의 끝이 어디인지는 저도 모르겠습니다. 그저 8서클은 여기까지다, 라고 한정 지으면 그것이 끝일까요?"

"내가 스스로 한계를 긋고 있다고 생각하나?"

"아니라고 확신하십니까?"

"……."

타칸 후작에게 한 얘기지만 세 사람 다 인상을 쓰며 생각에 빠졌다.

난 그냥 그대로 뒀다.

자신의 한계는 스스로 규정한 것. 내가 그랬듯이 스스로 뛰어넘어야 했다.

공작이 시킨 음식이 들어왔다.

그때까지 그들은 내가 던져준 힌트의 끝을 부여잡으려고 노력하는 듯 보였다.

'어쩌면 나보다 더 힘들 수도 있어. 수십 년간 더 명확한 한계의 벽을 쌓았을 테니.'

양고기 스테이크를 거의 다 먹었을 때, 타칸 후작이 상념에서 깬 듯 물었다.

"좀 더 힌트를 주게."

쩝쩝!

"힌트랄 것도 없습니다. 한계가 있으면 그 한계를 넘어야 합니다."

"그러니까 어떻게?"

"저의 경우는 열나게 얻어터지면서 조금 더, 조금 더 빨라지길 원했죠."

"답이 집념이라고 말하고 싶은 건가?"

"그것도 중요하겠죠. 한데 그보다는 자신만의 깨달음이 있어야 합니다. 가령 저의 경우 아무 의심 없이 하던 행동 중에서 의문을 찾아냈죠."

가타부타 말은 없었지만 계속하라는 눈빛을 세 사람이 보냈다.

"가령, 전 검을 사용할 때 의지로 검을 쏘아내서 남들을 제압하길 좋아했습니다."

"나도 잘 알지."

"근데 제가 쏘아낸 검이 빠를까요? 제가 빠를까요?"

"검이 더 빠르겠지. 그러니 검을 쏘아낸 것 아닌가? 아님 그럴 이유가 없지."

"맞습니다. 저도 그렇게 생각했죠. 한데 이상하지 않습니까? 검은 분명 제 의지로 움직이는 건데요. 왜 제 몸은 검보다 느릴까요?"

"그건……."

"보여 드리자면……."

난 포크에 파란 검강을 씌워 작전 판을 향해 쏘았다.

포크는 작전 판에 꽂히지 않았다. 내가 이미 그 앞에 서서 포크를 잡고 있었기 때문이다.

"이런 식입니다. 제 의지가 포크를 잡길 원했고 그 순간부터 전 포크보다 빨라진 겁니다."

"…나랑 한 번만 싸워주겠나?"

"지금 제 손속은 꽤 더러울 겁니다. 이래저래 쌓여 있는 게 많거든요."

"상관없네."

"그렇다면 잠깐 소화를 시키죠. 공작님, 몇 가지 요리를 더 부탁드려도 될까요?"

"지금 대련을 하기로 했잖은가. 끝나고 따뜻할 때 먹는 게 낫지 않겠나?"

"요리가 오기 전에 끝날 겁니다."

"……."

타칸 후작은 물론 베트랭 공작과 슈린 백작마저 그럴 리 없다고 생각을 하는지 미간을 좁혔다.

　그러나 10분 후 난 요리를 먹고 있었다.

　"…강할 거라 생각했지만 터무니가 없군. 하긴 8 대 1로 싸우고 살아 돌아왔으니 당연한 일인가?"

　베트랭 공작이 쓰러진 채 기절해 있는 타칸 후작을 보며 고개를 좌우로 흔들었다.

　"근데 8 대 1로 싸웠다는 것이 궁금한 건 아닐 테고, 무슨 일로 부르셨습니까?"

　식사를 마치고 와인으로 입가심을 하며 물었다.

　"아! 자네의 실력에 놀라 정작 진짜 목적을 잊고 있었군."

　"진짜 목적요?"

　"아까 준에게 뮤트 제국이 8서클 마도사들을 파견할 거라는 얘기를 들었다지?"

　"네. 잘된 일이지 않습니까?"

　"물론 잘된 일이지. 한데 거기에 한 가지 조건이 붙었다네."

　"설마 그 조건이 저와 관련이 있습니까?"

　"맞네. 황제가 자넬 봤으면 하더군."

　황제? 설마 뮤트 제국의 황제 말인가?

　"샤를 황제가 저를요?"

　"그렇다네. 가족을 위해서라도 거부하지는 않을 거라고 하더군. 자네 뮤트 제국 출신인가? 타칸 후작은 발칸 제국 출신이라고 하던데."

이런 젠장! 황제가 나에 대해 알고 있었던 거냐? 그렇다고 해도 왜 보자는 거지? 라이스 자작가를 없앨 요량인가?

여러 가지 생각들이 빠르게 머릿속을 지나갔다. 하지만 떠오른 이유들은 하나같이 명분이 부족했다.

"…인연이 있었습니다. 그래서 뭐라고 하셨습니까?"

"자네에게 물어보고 결정할 생각이라 일단 물어보겠다고 해놓고 미뤘네. 사실 우리가 자네에게 뭔가를 바랄 수 있는 처지가 아니지 않은가."

그나마 생각이 제대로 박혀 있어 다행이었다.

만일 물어보지도 않고 결정을 했다면 엔트 할아버지와 에리안을 설득하는 쪽으로 마음을 바꿨을 것이다.

"그렇다면 거부해도 되는 겁니까?"

"물론이네. 다만… 사견으로 말하자면 꼭 해줬으면 좋겠네. 아니, 부탁이라는 표현이 더 맞겠지."

베트랭 공작은 간절한 눈빛으로 말했다.

거부? 애초에 할 생각이 없었다.

그가 왜 날 만나려 하는지 모르겠지만 나 역시 그를 만나야 할 이유가 있었다.

"받아들이죠."

"아! 그래주겠나? 고맙네. 고마우이."

"언제 가면 되겠습니까?"

"내일 오전에 연락해 보겠네."

"기다리고 있겠습니다. 더 할 말은 없으십니까?"

"없… 혹시 가능하다면 나와 대련해 주겠나?"

"이왕이면 저도 했으면 좋겠네요."

하여간 마법에 미친 인간들이 참 많다. 하긴 마법에 미쳤으니 8서클에 이르렀겠지.

"그러죠."

"살살 부탁하네. 나이가 들어서 몸이 영……."

베트랭 공작은 타칸 후작을 흘끔거리며 말했다. 아니, 부탁했다.

뮤트 제국 황제인 샤를 혼 바인드 폰 뮤트와의 만남은 그날 아침 바로 결정이 났다.

당연히 내가 만날 것이라 생각한 걸까. 뮤트 제국은 바로 마도사 다섯을 보내줬다.

난 그들이 텔레포트 탑으로 도착하는 걸 볼 수가 있었다.

다섯 중 익숙한 얼굴이 있었다.

"또 뵙는군요, 볼른 후작님."

"허허! 이렇게 또 보게 되는군요, 아우스 경. 아니, 라이스 자작이라고 해야 하나요?"

아우스라는 이름 때문인지 젠느 때문인지 모르겠지만 역시나 황제는 나에 대해 알고 있었다.

볼른 후작과 인사를 하는데 네 명 중 붉은 머리카락의 중년인이 다가왔다.

"오~ 이 아이가 황제 폐하가 찾는 그 아이인가?"

"아우스입니다. 한데… 누구십니까?"

마치 볼 테면 보라는 듯 기세를 감추지 않고 있는 붉은 머리 중년 사내의 상단전을 보고 많이 놀랐다.

그의 상단전은 올리버 공작보다 더 밝고 진하게 빛나고 있었다.

"핫핫핫! 켄트라고 하네. 그나저나 기세를 꽁꽁 감추고 있어 어느 정도인지 모르겠군. 한번 풀어보게."

8극천 12패왕의 이름에 켄트는 없었다.

볼른 후작을 흘낏 봤다.

근데 그는 곤란한 표정을 지을 뿐 켄트의 행동을 저지하지 않고 있었다.

'아니, 못 하고 있는 건가?'

세상은 넓고 강자는 많다더니, 강해질수록 어째 더 강한 자들을 만나는 것 같다.

어떤 반응을 보일까 싶어 감췄던 기세를 풀었다.

"오호! 이거, 이거 황제 폐하가 관심을 가질 만한 아이였군. 기회가 된다면 한판 붙어보고 싶군. 이왕 이렇게 된 거 지금 붙어보는 건 어때?"

"…켄트 공… 큼! 켄트 님, 황제 폐하께서 지금 기다리고 계실 겁니다. 아시지 않습니까, 기다리는 거 질색하신다는 걸."

"…그건 그렇지. 쩝! 어쩔 수 없지. 내가 양보하는 수밖에. 그럼 다음에 보세, 어린 친구."

볼일 없을 거야, 늙은 양반.

마음속으로 중얼거렸다.

"도착하면 안내하는 이들이 기다리고 있을 겁니다. 거짓을 잘 파악하는 분이니 가급적 거짓말은 하지 않는 게 좋을 겁니다."

볼른 후작은 지나가는 투로 충고를 해주고 마중 나온 플린 왕국의 귀족들과 인사를 나눴다.

난 그들을 뒤로하고 마법진에 올랐다.

베트랭 공작과 타칸 후작이 잘 다녀오라는 듯 손을 흔드는 모습이 사라지고 곧 무뚝뚝한 기사단들의 얼굴이 나타났다.

"아우스 자작?"

2미터는 족히 넘고 허벅지가 내 허리만 한 노년의 기사가 다가오며 물었다.

절로 뒷걸음칠 만큼 흉흉한 기세였지만.

"그렇습니다만?"

"기사단장 바울만이다. 안내를 맡게 되었다."

더없이 직관적인 말이다.

"부탁드립니다."

황제는 보지 못했지만 라이스 자작 위를 수여받을 때 황궁에 들어간 적이 있었다.

텔레포트 탑 앞에 서 있는 마차에 오르니 내성벽을 지나 황궁의 정문 앞에 이르렀다.

"그대로 있으시게."

마차에서 내리려는데 바울만이 말했다. 그러곤 정문을 지나 한참을 안으로 들어갔다.

'그때는 외곽에 있었던 거였군.'

예전 자작 위를 받을 때 머물던 건물은 황궁의 외곽 중에 외곽이었다.

20분을 더 넘게 들어가서야 마차가 멈췄다.

"따라오게."

내궁의 위용에 감탄하기도 전에 바울만의 뒤를 따라 걸어야 했다.

백여 개의 계단을 올라 긴 회랑과 여러 개의 좁은 복도를 지나고 나서야 목적지에 도착했다.

"여기서 기다리게. 시간이 되면 시종장이 부르러 올 걸세."

"수고하셨습니다."

대기실이 웬만한 귀족의 응접실보다 크고 웅장하고 고급스럽다.

바울만이 나가자 시녀가 들어와 다과를 놓고 간다.

차 한 잔 마시면 연락이 오겠지 했는데 한 주전자를 다 비울 때까지 무소식이다.

텔레포트 탑까지 나와볼 것처럼 바쁘게 굴더니 정작 만나러 오니 마음이 바뀐 건가?

아예 자리에서 일어나 벽에 그림을 구경하는데 노크 소리가 들렸다.

당연히 시종장이라 생각했는데 상당히 익숙한 얼굴의 장년인이 들어왔다.

분명 처음 보는 사람이다. 근데 낯이 익다. 아니, 정확하게는 라이스 자작가에서 수정구 영상으로 봤던 얼굴이었다.

"벤즌 드 할트 백작님, 처음 뵙겠습니다."

"반갑네. 기억 속의 소년을 생각했는데 이제 보니 젠느가 집도, 직위도 버리고 갈 만하군."

"…죄송합니다."

사귀고 있는 여자의 아버지.

첫 만남에 이렇게 불편한 기분을 느끼게 하는 사람이 있을까 싶다.

"아니네. 얼마 전까지 얼굴이 좋지 않았었는데 이틀 전에 연락이 왔을 때 보니 얼굴이 좋더군. 스스로 자초한 일이지만 불쌍한 아이라네. 행복하게 해주게."

"…그렇게 되도록 노력하겠습니다."

요즘 주변에서 일어나고 있는 상황을 보면 '네'라고 확답을 하지 못할 만큼 뒤숭숭했다.

어정쩡한 말이었음에도 벤즌 백작은 이렇다 할 말이 없었다.

"잠깐 앉으시죠."

서서 얘기하고 있었음을 깨닫고 얼른 자리를 권했다.

"아니네. 지나가다가 자네가 있다는 얘길 듣고 잠깐 들렀다네. 황제 폐하의 손님과 이렇게 얘기하는 것도 사실 무례라네."

"알겠습니다. 주변 상황이 정리되면… 조만간 젠느와 함께 들르겠습니다."

"훗! 이왕이면 손주도 같이 데려오게."

벤즌 백작은 대답을 듣지 않고 대기실을 나갔다.

"후우~ 단언컨대 황제와의 만남보다 더 긴장되고 힘들었어."

의자에 털썩 주저앉으며 중얼거렸다.

주전자에 남아 있던 마지막 한 방울의 차까지 탈탈 털어 마시고 나자 시종장이 왔다.

"황제 폐하께서 기다리고 계십니다."

시종장은 어떻게 인사를 하고 어떠한 자세를 취해야 하는지를 시시콜콜 말했다.

자작 위를 받을 때 이미 수없이 듣고 배웠던 것이라 어렵진 않았지만 어떤 '나'로서 태도를 취해야 할지는 고민이 됐다.

아우스 드 라이스 자작으로, 아님 플린 왕국의 아우스 남작으로, 그것도 아니면 그냥 아우스로?

시종장을 따라가면서 어떤 선택을 할지 고민하다가 거대한 문이 열리고 문에 걸맞은 편전에 들어서면서 결정을 내렸다.

편전은 황좌에 앉아 있는 황제가 손가락만 하게 보일 만큼 넓었다. 게다가 마나 제어 마법진이 있어 마법 역시 사용할 수 없었다.

'뚫을 수 있겠는걸.'

이제 마나 제어 마법진도 내 앞에선 무용지물이라는 시답지 않은 생각을 하며 문양이 있는 중간 지점까지 걸어갔다.

"신 라이스 자작이 위대한 샤를 혼 바인드 폰 뮤트 황제 폐하의 존안을 뵈옵니다."

무릎을 꿇고 라이스 자작으로 인사했다.

바울만 기사단장도, 볼른 후작도 라이스 자작이라고 불렀다. 그 말인즉, 황제는 날 라이스 자작으로 보고 있다는 얘기였다.

허리 한 번 굽힌다고 허리가 닳는 것도 아니었다.

"가까이 오라."

꽤나 흥미로운지 옅은 기운을 풀풀 풍기며 샤를 황제가 말했다.

절반쯤 가자 또 다른 문양이 있었다. 그곳에 서기 무섭게 더 가까이 오라는 말을 했다.

좌우로 도열된 기사단을 지나 마지막 문양이 있는 곳까지 이르렀다.

"고개를 들라."

고개를 들었다.

20대 중후반쯤 되어 보이는 샤를 황제는 비틀린 미소를 지은 채 웃고 있었다.

소름이 끼칠 만큼 사람을 내려다보는 것이 자연스러운 눈빛, 기가 약한 자라면 서 있지도 못할 만큼 압도적이다.

물론 나에게는 예외였다.

그가 9서클이라면 모를까, 같은 8서클로서는 담담히 받을 수 있는 눈빛이었다.

"자신을 라이스 자작이라고 소개하던데 본 제국의 귀족이라 생각하고 말한 것이냐? 아님 벤즌 백작이 그렇게 시키더냐?"

"원하시는 대로 말씀드렸습니다."

"내가 원했다?"

"저를 이곳에 부를 때 라이스 자작가의 사람으로 여기고 있다 생각했습니다. 틀렸다면 사죄드리겠습니다."

"하하하하핫! 아니다, 맞다. 어린 나이에 8서클을 이루었다 해서 마법광인 줄 알았더니 머리가 좋았구나."

편전이 쩌렁쩌렁 울리게 웃었다.

"혹시 내가 왜 널 보자고 불렀는지도 짐작할 수 있겠느냐?"

"제국에 내려오는 전설 때문이 아닌가 생각합니다."

젠느가 나에게 접근했던 이유를 떠올리며 말했다.

"벤즌 백작이 말했더냐? 아님 제르미느가 말했더냐?"

"……"

대답을 하지 않자 기사단들의 무형의 살기가 몸에 꽂혔다.

"거둬라. 처갓집을 생각하는 마음이 기특하지 않느냐. 마침 식사 시간도 가까워졌으니 같이 밥을 먹으며 얘기를 계속해 보자."

그냥 처음부터 식탁으로 부르든지 할 것이지 거추장스럽게도 한다.

황제가 움직이고 1분 정도 뒤에 기사단장의 안내를 받아 황제의 식탁까지 구경할 수 있었다.

밥 먹다가 식탁에서 습격을 받아 죽은 귀신이 있었나 싶을 정도로 식탁 길이가 엄청 길었다.

마주 보고 앉자마자 시녀들이 한입 분량의 접시를 들고 왔다.

코스 요리인가 보다.

얼마나 긴 시간을 얘기하려는지.

세 개의 접시를 비울 때까지 샤를 황제는 아무 말도 하지 않았다. 그러다 꺼낸 질문에 반색했다.

내가 하고픈 말을 자연스럽게 꺼낼 수 있는 질문이었기 때문이다.

"아까 자네가 전설이라고 말했었지? 정말 전설이라고 생각하나?"

"아닙니다. 얼마 전까지만 해도 전설이었지만 이제 곧 현실이 될 겁니다."

"현실이 된다? 뭔가 알고 있는 게 있는가?"

"얘기가 길어질 것 같은데 괜찮으시겠습니까?"

"상관없네."

"그리고 말씀을 드리기 전에 실례를 범해야 할 것 같은데 이해를 해주시겠습니까?"

"…실례?"

웃음을 잃지 않던 샤를 황제의 미간이 처음으로 구겨졌다. 그러나 개의치 않고 말했다.

"얘기를 하기 위한 조처라고 생각하시면 됩니다."

"좋아. 실례해 보게."

황제의 말이 끝나자마자 아홉 개의 기운이 뻗어나갔다. 그리고 옆에 도열해 있던 기사들 중 세 명의 중단전, 하단전, 입에 박혔다.

입에 박힌 것은 자살을 막기 위함이고 두 단전에 박힌 건 자살 폭발을 막기 위함이었다.

"네놈이 감히! 무슨 짓이냐!"

기사단장이 당장에라도 검을 뽑고 달려들 기세였다. 그러나 황제의 손이 먼저 올라갔다.

그는 딱딱하게 굳은 얼굴로 싸늘하게 말했다.

"나서지 마라. 이곳에선 너희 모두가 덤벼도 아우스 자작을 이길 수 없다. 그나저나 마법을 쓸 수 없는 곳임에도 마법을 쓰다니 대단하군."

"마법진에 남다른 재주가 있습니다. 저들을 왜 제압했는지 궁금하지 않으십니까?"

"이유가 있겠지. 아니, 있어야 할 거야."

"있습니다."

난 라이스 자작가에서 겪은 일부터 시작해 흑탑과 연관되었던 일을 상세하게 말했다.

특히 검은 수정과 이번 전쟁이 흑탑에 의해서 계획되어 있음을 강조했다.

"이번 전쟁이 흑탑이 계획을 했다? 그리고 그 이유가 사악한 존재를 소환하기 위함이다?"

"제가 겪기론 그렇습니다."

"저 셋이 흑탑 출신이고?"

"검은 마나를 지니고 있습니다."

"증명되지 않은 그 말을 나더러 믿으라?"

"신문을 해보시지요."

샤를 황제는 식사까지 멈춘 채 생각에 빠졌다.

난 다 먹었는데 음식이 안 나오니 기다릴 수밖에 없었다.

식탁을 두드리던 황제의 손가락이 멈췄다.

"죽여라."

단 한 마디였지만 세 명의 목숨을 빼앗긴 충분했다.

기사단장과 단원들은 일체의 망설임도 없이 공포에 눈을 크게 뜬 채 고개를 좌우로 흔드는 그들의 심장에 검을 꽂았다.

"식사는 옆방에서 계속하도록 하지. 바울만 후작만 들어오도록."

메뚜기도 아니고 뭔 짓인지.

다시 방을 옮겼다. 이번엔 응접실인 모양인지 식탁 대신 테이블이 놓여 있었고 음식 역시 한꺼번에 들어와 테이블 위를 가득 채웠다.

황제는 한입 크기의 관자를 입에 쏙 넣고 우물거리며 말했다.

"자네는 발칸 제국의 힘을 어떻게 생각하는가?"

'아까 하던 얘기는 마무리를 지어야죠'라는 말이 목구멍까지 나왔지만 삼켰다.

기사단장의 눈빛을 보면 지금까지도 충분히 무례했고 더 무례하게 굴었다간 검을 휘두를 것 같았다.

"대륙 어느 나라보다 강할 겁니다."

"이유는?"

내가 8 대 1로 싸우기 전까지 간과한 것이 있었다.

피트의 유산을 가진 도우 마탑이 있는 플린 왕국이 제국 못지않게 강할 거라는 착각 역시 마찬가지다.

도우 마탑은 피트의 유산을 얻은 100년 전부터 서서히 강해져 8서클을 배출했지만 발칸 제국은 이미 천 년 전부터 8서클을 가지고 있었다.

이해가 되지 않는다고?

나도 그랬다.

그러나 조금만 생각해 보면 알 수 있다.

내 몸에 있던 기생체와 비슷한 기생체를 가지고 있는 미헬라 황녀.

대를 거듭했을 테고 발칸 제국은 언제나 8서클을 보유하고 있었다는 얘기였다.

8서클은 할 수 있는 것이 많다. 마법에서 가장 중요한 마나에 대한 이해가 높을 수밖에 없고 그것을 후학에게 가르칠 수 있다.

과연 그들이 혼자만 꽁꽁 감추고 살았을까? 그럴 리가 없다.

내 예상대로라면 발칸 제국엔 노괴물들이 우글거릴 수밖에 없다.

8서클이 최소한 200살까지 산다고 생각해 보면 알려진 8서클의 최소 2배 이상이 살아 있다는 결론에 이른다. 이건 최소치다. 300년을 산다면 3배다.

대륙 전체의 8서클보다 발칸 제국이 보유한 마도사가 더 많다는 얘기다.

"발칸 제국은 8서클을 천 년 전부터 보유하고 있었습니다."

머리가 좋은 양반이니 금세 이 정도만으로도 이해할 것이다.

"정말 예언의 인물이 맞나 보군. 놀랄 만큼 예측이 뛰어나. 하지만 한 가지는 틀렸어."

"……?"

"우리도 발칸 제국만큼 강해."

말이 이어지기 전에 뒤이어 나올 말이 무엇인지 알 수 있었다.

"우리도 천 년 전부터 8서클을 보유하고 있었거든."

망할 놈의 피트.

왜인지 모르지만 피트의 숟가락질이 떠오르며 욕이 튀어나왔다.

뮤트 왕국이 제국이 된 이유 역시 설명됐다.

'이럴 거라면 아예 대륙 전체의 나라에 8서클 한 명씩 만들어두지.'

그 나름대로 이유야 있겠지만 나로서는 이해가 되지 않았다.

"켄트라는 분도 전대 사람이겠군요."

"맞아. 하지만 싸움에 참여하진 않을 거야. 그저 대비용이지."

"그건 또 무슨 말씀입니까?"

"8서클을 보유할 수 있었던 대신 제약이 있다는 얘기야. 한데 발칵의 겁 없는 애송이가 그것도 모르고 일을 벌인 거야."

젊은 얼굴로 애송이라는 말을 하니 웃기는 상황이다. 하지만 저 젊어 보이는 황제가 내가 아카데미에 있을 때 50세 생일을 맞이했었다.

"여전히 이해를 못 하겠습니다."

"당연하지. 제약의 내용은 황제만이 알 수 있는 것이니까."

스무고개를 하자는 얘긴가.

샤를 황제가 한 말을 토대로 가정에 뼈대를 세우고 허물기를 반복했다.

난 피트의 입장이 되어 재앙을 막기 위해 움직인다고 생각했다.

나라는 존재 하나를 염두에 뒀을까? 아니다. 오히려 내가 재앙이 될 수도 있다.

든든한 두 나라에게 힘을 줬을 것이고 날뛰지 못하게 제약을 쳤을 것이다.

'발칸의 애송이는 분명 황태자를 말하는 것이다.'

'제약이라 하면… 함부로 전쟁을 벌이지 못하게 한다? 오로지 닥쳐올 재앙에 대비해 써야 한다?'

'일단 제약에 대해선 미루자.'

'이미 8서클에 이른 이들을 어떻게 제어할 수 있을까? 쓸데없이 돌아다니지 못하게 묶어놓는다면……'

'아!'

어느 정도 정리가 됐다. 확인받을 차례였다.

"8서클을 보유할 수는 있다. 대신 보유한 8서클을 쓸 수는 없다는 얘기처럼 들리는군요. 제약이라면… 가령, 일정 수 이상이 항상 수도 내에 거주하고 있어야 하는데 그 이하로 줄어들면 안 된다 정도일 테고요."

"…계속해 보게."

"황제에게만 제약이 전해진다고 하니 발칸에서 전쟁을 시작한 사람은 황태자이겠죠. 제약을 모르니 8서클을 마음대로 전쟁터에 내보낼 수 있는 거고요."

"큭큭… 크하하하하핫! 정말 대단해. 이 말을 오늘 몇 번이나 말하는 건지 모르겠군. 하지만 도저히 참을 수가 없군, 하하하하!"

그의 웃음소리를 듣다 보니 또 한 가지 떠오르는 것이 있었다.

"플린 왕국을 위해 마도사를 보낸 게 아니셨군요? 발칸의 마도사를 수도 밖으로 끌어내기 위함이었어."

"이런, 이런. 그것마저 눈치를 챈 건가? 내 마음을 이렇게 훤히 읽고 있는 이가 자작에 불과하다니. 당장 공작 위라도 내리고 싶군, 크하하하하!"

이 인간, 내 말을 허투루 들은 게 분명하다.

지금 죽고 죽이는 것이 문제라는데도 이러네.

"금세 불만 어린 표정을 짓는군. 뭐가 불만인가?"

"전쟁이 길어질수록 탁기가 쌓이게 되고 그 탁기로 인해 위험한 존재가 소환이 된다고 아까 말하지 않았습니까?"

"그랬지."

샤를 황제는 덤덤하게 말했다.

"그렇게 되면 뮤트 제국이라고 해도 위험에서 벗어날 수 없을 겁니다."

"그렇겠지."

"하면……."

"잘 돌아가던 머리가 죽음 앞에 막힌 건가? 이 전쟁이 왜 일어났는지를 생각하면 답은 나왔을 텐데?"

"……!"

정말 할 말을 잊게 만들 정도로 계산적인 인간이다. 내가 머리는 좋다지만 샤를 황제에 비하면 몇 수 아래였다.

제약이 어떠한 영향을 미칠지 모르겠지만 발칸 제국의 전쟁 수행 능력을 아예 없애 버리겠다는 뜻이다.

"발칸 제국을 차지할 생각이십니까?"

"아니."

"그럼……?"

"현재 차지하고 있는 것만으로도 충분해. 위기가 가까이 왔는데 넓은 땅을 가지고 있어봐야 골치만 아프지. 발칸이야 주변국이 알아서 쪼개서 가지겠지. 새로운 왕국이 탄생할 수도 있고."

발칸 제국이 사라지면 다른 나라들이야 언제든 집어삼킬 수 있다는 생각이겠지.

기가 막힌 머리다.

전쟁을 시작한 발칸 제국의 애송이가 샤를 황제의 계획을 알면 어떤 표정을 지을까.

'아니! 황태자가 전쟁을 벌일 정도라면 발칸 제국의 황제에게 변고가 생겼다는 건데, 설마……?'

"쯧! 무슨 생각을 하는지 빤히 보이는군. 발칸 제국의 일은 나와 무관하다. 여기 앉아서 황제를 폐위시킬 능력이 있었다면 발칸은 벌써 짐의 영지가 되었을 거다."

볼른 후작이 솔직히 말하라고 했던 이유를 알 것 같았다. 샤를 황제는 마치 내 생각을 읽은 듯 말했다.

"제가 어찌 감히 그런 생각을 했겠습니까. 한데 한 가지만 여쭈어봐도 되겠습니까?"

"이미 많이 물어보고선 새삼스레."

"플린 왕국에 마도사를 보내면서 왜 굳이 절 보자고 하셨는지 궁금합니다."

"말이 좀 이상하군. 내 나라 내 귀족을 황제인 내가 보고 싶다고 한 게 잘못인가?"

고개를 갸웃거리며 빤히 쳐다보는 샤를 황제.

말 한번 절묘하다. 아까 라이스 자작이라고 소개한 것이 여기서 발목을 잡았다.

아무 말을 못 하고 있자 황제가 웃으며 말을 이었다.

"하하하! 어떤 자이기에 열다섯도 안 된 나이에 감히 황제인 나를 희롱하고 가짜 자작가 자손 흉내를 냈을까 궁금했다네."

싸늘한 비수가 날아와 온몸에 푹푹 꽂힌다.

"쯧쯧! 라이스 자작가가 걱정이 되나? 걱정 말게. 이번에 임시 타이틀을 떼고 정식으로 임명장을 보내도록 하지. 전대 라이스 자작이 이렇게 훌륭할 줄 알았으면 진즉에 했을 걸세."

이 인간 사이코인가?

어떤 장단에 춤을 춰야 할지 모르겠다.

"대신 자네가 뮤트 제국의 귀족임을 잊지 말게. 위기에 벗어나면 이번에 차지한 땅 중 일부를 떼어주도록 하겠네."

"제가 위기를 막을 수 있을 거라 생각하십니까?"

"아마도. 아님… 이 재미있는 황제 생활도 끝나겠지, 하하하하!"

마지막 웃음에서 쓸쓸함이 느껴지는 건 착각일까.

"전설의 내용이 무엇인지 말해주시겠습니까?"

"자네 참 말 많군."

지금까지 니가 더 많은 말을 했거든!

생각을 읽으니 마나로 방어막을 치고 속으로 외쳤다. 물론 성공할지는 모르겠다.

"욕했군."

"아닙니다."

"근데 왜 방어막을 치는 거지?"

"독심술을 익힌 누군가가 자꾸 제 생각을 읽는 것 같아 혹시나 싶어 해본 겁니다."

"겁이 은근히 많군. 아무튼 조금 전에 한 가지 질문이라고 했으니 마지막 질문에 대한 답은 없네."

샤를 황제는 얘기가 끝났다는 듯 손을 휘저었고 기사단장이 옆에 와 섰다.

일어나 나가자는 뜻이리라.

한 입으로 두말할 인간 같지는 않았다. 그가 생각을 읽듯이 나 역시 그의 말이 진실인지 거짓인지 알 수 있었다.

그가 한 말 중에 거짓은 발칸 제국의 땅을 차지하지 않겠다는 말뿐이었다.

'그나저나 어쩐다……'

일어서면서 생각에 빠졌다.

샤를 황제가 착각하고 있는 것 중 하나가 발칸 제국이 무너지면 전쟁이 끝난다는 생각이었다.

분명 주변국의 침략과 내전이 일어날 것이 빤했다. 그렇다면 주검 또한 기하급수적으로 늘어날 테고 마찬가지 결과가 일어날 것이다.

전쟁을 막으려면 발칸 제국의 황제를 찾는 것이 가장 빠른 길 같았다.

"참! 아우스 공작."

"네? 고, 공작이라니요?"

"공작은 너무 빠른가? 그럼 백작으로 하지. 아우스 백작, 발칸의 황제를 찾으러 가기 전에 한 가지 해줘야 할 것이 있다."

미친! 황제가 무소불위의 권력자라더니 작위도 마구 남발하는군.

그나저나 마나로 방어막을 생각하는 것만으로는 독심술을 막지 못하는 모양이다.

아! 방금 '미친'이라고 말한 것도 읽었을라나?

"…무엇을 해드릴까요, 황제 폐하?"

"흑탑인지 흑설탕인지 첩자를 처리해 줘야겠어."

"설마 제국 전역을 돌아야 하는 건 아니겠죠."

"후후! 내가 누구인지 잊은 모양이군."

그래, 황제다.

무소불위의 권력자 황제!

황궁에 있는 자들과 귀족들 중에 흑탑의 첩자를 골라내는
데 나흘 걸렸다.

집합! 하면 집합을 했고, 흩어져! 하면 흩어지니 아주 편했다.

첩자는 생각보다 많지 않았다.

총 스무 명. 눈치 빠른 한 놈이 자폭하기 직전, 준비하고 있
던 수탄을 던져 딴 세상으로 날려 버렸다.

황궁에 머무는 나흘 동안 황제는 날 완전히 자신의 사람을
만들겠다는 듯 많은 것을 방에 보내주었다.

돈, 음식, 여자.

하나같이 미인들이었지만 내 옆에 있는 이들도 하나같이 미
인들이다.

그래서 돈과 음식만 먹었다. 먹튀가 뭔지를 보여줄 생각이다.

아직까지 마지노 영지가 함락되지 않았는지 마지노의 텔레
포트 탑으로 이동이 가능했다.

연락을 받았을까, 준 자작이 기다리고 있었다.

"어서 오세요, 아우스 백작님."

"…혹시 뮤트 제국에서 연락을 했습니까?"

"네. 아우스 백작님은 뮤트 제국의 귀족이니 그에 대한 대
우를 해달라는 연락이 왔습니다."

"그래서 그러시려고요? 이렇게 나와 계셨습니까?"

"직위에 상관없이 아우스 님을 데리고 오라는 명을 받아 나와 있었죠, 하하!"

첫 태도에 살짝 기분이 나빴는데 남작일 때나 백작일 때나 똑같이 대하는 쥰 자작을 보니 풀리는 듯했다.

"차라리 아우스 경으로 해주세요. 그게 저도 편합니다. 제국의 황제 따윈 신경 쓰지 마시고요."

"후후! 백작이 되었다고 목에 힘을 주진 않을까 했는데 변함이 없으시네요."

"자작님도요."

"제 눈에 게릴라전을 함께한 전우로 보이니까요."

베트랭 공작도 그렇지만 쥰 자작도 귀족답지 않았다. 그래서 그의 첫 태도에 기분이 나빴는지 몰랐다.

"가시죠. 저도 드릴 말씀이 있습니다."

무슨 의도를 가지고 있든 플린 왕국에 도움이 되는 일이니 마도사의 파견 이유를 말할 생각은 없다.

"오! 어서 오시게, 아우스……."

작전실로 들어가자 베트랭 공작이 일어나며 반겼다. 얼른 그의 뒷말을 끊고 말했다.

"경으로 통일해 주십시오. 누군가의 독단적인 결정을 따를 생각은 없습니다."

"그 누군가가 내가 생각하는 사람인가?"

타칸 후작이 재미있다는 듯 씨익 웃으며 물었다.

"생각하는 사람이 맞을 겁니다."

"허허허! 제국의 백작 자리를 독단적인 결정이라고 말하는 사람은 자네뿐일 걸세."

"필요할 때 주는 직위는 필요 없을 땐 다시 가져갈 수도 있으니까요."

"세상 모든 일이 그래요. 필요할 땐 일꾼을 뽑았다가 필요 없을 땐 자르죠. 그것과 비슷해요. 아랫사람 입장에선 그래서 필요한 사람임을 어필하는 거죠."

슈린 백작이 명쾌하게 결론을 지었다.

사람마다 생각이 다르니 더 이상 왈가왈부하는 건 사족이었다.

"하실 말씀이 있으신 것 같은데 말씀하십시오. 저도 드릴 말씀이 있습니다."

"다른 건 아니고… 뮤트 제국에 가서 뭘 했는지 궁금해서 말일세. 곤란하면 하지 않아도 되네."

"곤란하지 않습니다. 제가 하려던 말이니까요."

차로 입을 축인 후 황제와 했던 말을 적당한 선에서 얘기했다.

"허어~ 발칸의 황제가 사라져? 뒤에서 조종하는 줄 알았더니 아닌 모양이군. 쉽지 않은 전쟁이겠어."

"음, 귀족들의 힘을 줄이려고 벌인 전쟁이라 생각했는데. 어쩐지 전면전으로 확전을 하더라니."

"휴우~ 젊은 황제의 전쟁이군요. 실패하면 내전이 일어날 수도 있으니 빨리 끝나기엔 힘들겠어요."

다들 신음 소리를 내며 자신들의 생각을 얘기했다.

말은 조금씩 달랐지만 내용은 전쟁이 단기전으로 끝나지 않을 거라는 뜻이었다.

"흑탑이라면 그때 나와 에리안 남작을 납치했던 놈들이지?"

"엎친 데 덮친 격이군요. 설마 그런 사악한 생각을 하고 있다니."

"정보 조직을 총동원해야겠어요. 소문을 퍼뜨리는 것도 좋은 방법이고요."

흑탑에 대해선 이들이 어떻게 받아들일지 의문이었는데 실제로 당한 베트랭 공작 덕분인지 너무나도 쉽게 받아들였다.

고민하는 베트랭 공작에게 물었다.

"현재 전황은 어떻습니까?"

"그제 도착과 함께 잠시 전투가 있었지만 뮤트 제국의 마도사를 보고 후퇴했네."

"빨리 도착했군요."

"게릴라전을 염두에 두고 밤낮을 가리지 않고 진격을 한 것 같더군."

"이후의 전황은 어떨 것 같습니까?"

"마도사를 더욱 충원하겠지. 하지만 우리도 최후의 방어선을 이곳으로 하기로 했네. 조만간 수도에 있는 마도사들 역시 내려올 걸세."

"소강상태가 이어지겠군요."

"그렇지. 근데 마치 떠날 사람처럼 묻는군."

"잠깐 이곳을 떠나야겠습니다."

"…뮤트 제국으로 가나?"

"아닙니다. 전쟁의 키인 발칸의 황제를 찾아볼 생각입니다."

내 말에 세 사람의 눈이 커졌다.

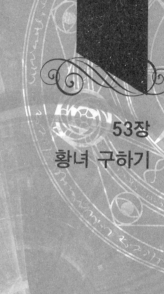

53장
황녀 구하기

왜 이렇게 일을 사서 하는지 모르겠다.

성질 같아선 다 때려치우고 한적하게 살고 싶은데 과연 피한다고 안전할까 하는 생각이 들었다.

해결할 수 있는 방법은 하나.

전쟁을 끝내게 한 후 노는 수밖에 없다는 결론이었다.

"뮤트 제국에 갔다가 이제야 온 거야?"

공장에서 수탄과 포탄을 만드는 걸 지켜보던 에리안이 날 보고 뛰어와 안겼다.

혹시나 또 주먹이 날아올까 봐 무의식적으로 움찔했지만 곧 등을 토닥였다.

"새롭게 해야 할 일이 생겨서."

"무슨 일? 마지노 영지를 방어하는 것보다 더 중요한 거야?"

"아마도. 설명은 좀 이따가 모여 있는 곳에서 해줄게."

눈이 살짝 작아지는 것이 걱정이 되는 모양이었다.

"전쟁터보단 덜 위험해. 사람 찾는 일이거든."

덜 위험할지는 해봐야 안다. 그러나 걱정시키기 싫어 적당히 둘러댔다.

"젠느, 베루, 밀리엔, 포락, 펜딕! 얼마 안 됐는데 굉장히 오랜만처럼 느껴지네."

"무사했네?"

에리안이나 젠느 둘 다 걱정했겠지만 젠느의 표정만 보면 전장에서 돌아온 남편을 맞이하는 애절함 같은 것이 있었다.

아! 전장을 다녀온 게 맞구나.

"전쟁은 끝난 거야?"

베루가 물었다.

"아니. 아직 진행 중."

"완전히 돌아온 거야?"

"해야 할 일이 있는데 떠나기 전에 너희들의 거취를 얘기해 주고자 왔어."

"여기가 침범당할 정도로 위험한 거야?"

"그건 아닌데 더 안전한 곳으로 피해 있으라는 거지."

난 베트랭 공작 등에게 얘기했던 말을 다시 한 번 반복했다.

담담하게 듣던 세 명의 이종족은 드래곤 기생충 얘기를 할 때 무척 놀랐다.

 "그래서 에리안이야 이곳을 지켜야 하니 어쩔 수 없지만 젠느는 이들 세 명과 함께 뮤트 제국으로 가 있었으면 좋겠어. 베네툭 백작 역시 세 명의 이종족을 데리고 있으니 만나게 해 주는 것도 괜찮고."

 "음……."

 "돌아오면 다시 부를게. 벤즌 백작님과도 황제와도 너에 대한 얘기는 했었어."

 젠느는 결과를 물어보고 싶었는지 입을 달싹였지만 에리안을 보고 닫았다.

 "언제 돌아오는데?"

 "글쎄, 발칸 제국이 전쟁을 멈추거나 위험한 존재가 나타났을 때겠지."

 "얼마나 걸릴지 모르겠네?"

 젠느에 이어 에리안이 물었다.

 "오래 걸리진 않을 거야. 얼마나 많은 이가 죽어야 흑탑 놈들이 소환을 할지 모르지만 지금도 곳곳에선 죽고 있잖아."

 "꼭 해야 되는 거야? 그냥… 그때 네가 얘기했던 것처럼 조용한 데 가서 살까 봐."

 "과연 그 존재가 실제로 나타난다면 조용하게 살 수 있을지 의문이다. 실패하든 성공하든 최대한 빨리 돌아온다고 약속

할게."

"…언제 떠날 건데?"

잡을 수 없다고 생각한 모양이다.

"하루나 이틀쯤 있다가 가려고. 생각을 정리해야 하거든."

점심이 가까웠기에 모두들 모여 식사를 같이했다.

나름 가벼운 마음으로 떠나보내려는 듯 시답지 않은 얘기를 나누었다.

암울한 기운을 풀풀 풍기면서도 웃는 그녀들을 보니 마음이 편치 않았지만 나 역시 장단을 맞췄다.

식사 후 방에서 대기하라는 명을 에리안에게 받았다.

무슨 의미인지 알기에 깔끔하게 씻고 기다리는데 의외로파 밀리엔이 왔다.

그녀에게 농담을 던졌다.

"고백을 하러 온 거라면 돌아가. 내 심장엔 너까지 들어올 자리가 없어."

"내가 글래머러스했다면 자리를 줬겠지?"

"아마도, 하하!"

"베루가 좀 특이한 거지. 이종족들은 인간을 별로 좋아하지 않아."

"고마워, 좋아해 주지 않아서."

"풉! 농담은 이쯤 해."

"그래. 혹시 내가 만났던 드래곤 기생체에 대해 말해주러 온 거야?"

"응. 아는 게 좋을 것 같아서."

"대충은 알아. 샹카를 만든 존재들이지?"

"…어떻게?"

"내가 좀 많은 것을 알고 있거든. 겪은 일도 많고. 얼마 전에는 이 대륙의 여신인 아라도 봤어. 죽은 모습이었지만. 앉아. 대접할 건 술밖에 없네."

에리안과 분위기를 잡기 위해 마련해 둔 와인을 따서 파 밀리엔에게 한 잔 따라줬다.

"어디까지 알고 있는 거야?"

"자세히는 몰라. 그리고 대부분은 내가 상상력으로 끼워 맞춘 거고."

"끼워 맞춘 것치곤 너무 정확해."

"빌어먹게도 슬픈 예감은 틀린 적이 없네."

"왜 슬픈 일이라고 단정하는 거지?"

"잘못하면 신이 현재 세상에 나타나게 되니까. 그게 과연 인간에게 이로울까?"

"……"

파 밀리엔은 '아니'라고 말하지 못했다.

"이제 네가 아는 걸 말해줘."

"난 권한이 없어서 많은 것을 알지 못해. 샹카에서 전설처럼 내려오는 얘기일 뿐이야."

"그거면 충분해. 우리가 역사학자는 아니잖아."

밀리엔은 잠시 생각을 정리하는 하는 듯하더니 조용히 이야기를 시작했다.

"이 세계가 불로 가득할 때 수많은 신이 내려와. 그들이 너희가 말하는 신, 혹은……."

"드래곤이지. 폴리모프가 드래곤이 인간이 되는 게 아닌 인간이 드래곤처럼 보이게 되는 거지?"

"맞아. 잘난 척은 그만하고 듣는 게 어때?"

"아! 미안. 맞장구를 친다는 게 너무 과했네."

"아무튼 내려온 신들은 불로 가득한 세계를 생명체가 살 수 있는 곳으로 만들어. 세계수를 심고 딱딱한 바위를 흙으로 만들었어. 오랜 시간이 걸렸지. 하지만 그들은 오랜 시간을 살 수 있는 존재들이었어."

와인으로 목을 축인 후 말을 이었다.

"생명체가 살 수 있는 곳으로 만든 그들은 생명체로 가득한 세상을 만들기 위해 세 종족을 창조해. 그게 바로 엘프, 파머, 드워프야. 이 세계가 모두 풀과 숲으로 뒤덮였을 때 신들은 각종 동물과 곤충 따위의 생명체들을 만들었어."

이종족의 전설은 꽤 길었다.

요약하자면 이랬다.

생명체 다음, 세계로 흩어진 신들은 각자가 차지한 곳에 도시를 만들기 위해 몬스터를 창조해 일꾼으로 부렸다. 근데 힘은 세지만 머리가 둔한 몬스터들로는 원하는 바를 이룰 수 없다고 판단한 신들은 다시 자신들의 모양을 본 뜬 인간을 창조한다.

필요 없어진 몬스터들은 인간을 통제하기 위한 감독관이 되어 도시를 건설하게 된다.

그게 고대 도시 샹카이고 신들이 멸망 후 남은 마지막 남은 곳이 현재 세 이종족이 사는 곳이라고 했다.

"그들은 왜 죽었지?"

"정확하게는 잘 몰라. 다만 그들의 생명이 영원하진 않다는 거야. 거기에 두 가지 재앙이 덮쳤대."

"뭔데?"

"하나만 알아. 아이를 가지지 못하게 됐대. 그리고 유일하게 생겨난 아이 역시 오래지 않아 죽어버린 거야."

내가 만났던 기생체가 유일한 아이였던 건가?

흥미로우면서도 끔찍하다.

소환 의식이 신이라 불리는 고대의 괴물들을 부르는 의식임을 흑탑은 알까.

그자가 깨어나면 과연 우릴 같은 인간으로 보아줄까. 아닐 것이다. 얘기에 따르면 탄생 자체가 일을 시키기 위한 노예다.

"그들 중 한 명이라도 깨어나면 어떻게 될까?"

"누구의 영을 타고 태어나는지가 중요하겠지. 아라 님이라면 축복일 테고 마루 님이라면 다시 예전의 시대로 돌아가게 될 거야."

"마루? 처음 듣는 이름인데?"

"신들의 왕이라고 들었어. 아라 님이 모든 생명체를 사랑스럽게 보듬었다면 마루 님은 모든 생명체를 힘으로 억누르려 했대."

"착한 신이 있었다니 조금 안심이 되네."

착한 신이 10퍼센트만 되어도 소환 의식의 실패 확률도 10퍼센트 아닌가.

근데 파 밀리엔의 이어지는 말에 좋았던 기분은 금세 곤두박질쳤다.

"사랑을 베푼 존재는 아라 님뿐이었대."

하긴 황제보다 더 한 신의 권력을 가진 이들이 뭐가 아쉽다고 자신의 권력을 놓겠는가.

"다른 얘기는?"

"웬만하면 아픈 상태로 베루를 만나지 마."

"그건 왜?"

"치료는 베루의 생명력이야."

"뭐?"

"원래 베루는 원래 신들이 몸을 치유하기 위해 만들어진 존재야. 여분의 생명력이지. 그러니 치료가 불가능하지 않을 때를 제외하곤 치료를 마치고 만나. 베루에겐 비밀로 해줘. 너에게 알려지는 걸 싫어하거든."

"…알았어."

잠시 머리가 망치를 맞은 듯 멍했다.

고작 저녁이나 같이 먹던 내가 뭐라고 그런 짓을 한 걸까?

고마우면서도 한편으론 그녀가 이해가 되지 않았다.

일단은 두 번 다시 치료를 받을 일이 없도록 해야겠다고 다짐을 하며 생각을 정리했다.

에리안이 아닌 젠느가 오고 있었지만 오는 이유는 알 것 같았다.

＊　　　＊　　　＊

전쟁에서 지고 있는 나라의 국민들만큼은 아니더라도 전쟁에서 이기고 있는 나라의 국민들도 힘들긴 마찬가지였다.

전쟁 중이라고 해도 모두들 먹고살아야 했는데 전쟁에 참여하지 않은 늙은이들이 빠져나간 젊은이들의 노동을 메워야 했다.

"이랴! 이랴! 이놈아, 힘내라. 이러다가 경을 치겠다."

발칸 시티로 들어가는 대로 중 한 곳.

밀이 가득 실린 우마차가 이틀간 내린 비로 인해 파인 웅덩이에 빠져 움직이질 못하고 있었다.

소가 무엇에 놀랐는지 움직이는 바람에 이렇게 되었다는 생각에 두 마리의 소에게 힘껏 채찍질을 해보지만 단단히 빠졌는지 움쩍달싹도 못했다.

"아이고! 이러다가 목이 달아나게 생겼군. 너희들은 뭐 하는
가! 얼른들 밀어."

몸집이 작은 꼬맹이들 셋이 열심히 밀었지만 그들의 힘은
턱없이 부족했다.

나라에서 징발한 곡식을 수도로 옮기는 일을 하는 폴의 얼
굴은 해가 산을 넘어가듯이 어두워졌다.

지나가는 사람이라도 있으면 좋으련만 오늘따라 코빼기도
보이지 않는다.

마감일인 오늘 안으로 수도 안에 들어가지 못하면 큰 곤욕
을 치를 게 빤했기에 폴의 속은 타들어갔다.

마을에서 넉넉하게 출발했다. 한데 이틀 동안 내린 비에 밀
포대가 젖을까 비를 피한 것이 실수라면 실수였다. 그러나 밀
포대가 젖으면 그건 그것대로 경을 칠 일이었다.

"폴 아저씨, 차라리 한 명을 보내 이 앞에 있는 병사들에게
도움을 청하는 게 어떻습니까?"

14살 먹은 티티가 땀을 뻘뻘 흘리며 의견을 냈다.

"전쟁 중인데 경비를 서는 그들이 잘도 오겠다. 얼른 땅이라
도 좀 파봐라."

티티라는 꼬맹이가 진흙을 치워보지만 금세 새로운 진흙이
바퀴를 덮었다.

"어? 저기 웬 아저씨가 오는데요."

뒤에서 밀던 아이 중 한 명이 외쳤다.

보니 커다란 봇짐을 어깨에 멘 중년 남성이 다가오고 있었다.

"이보시오! 이보시오! 여기 좀 도와주시오."

폴의 외침을 들은 중년 남성은 힘이 장사인지 봇짐을 메고도 성큼성큼 다가왔다.

"단단히 빠졌군요."

사내는 봇짐을 내려놓더니 우마차 뒤로 갔다.

"너희들은 비켜라, 다치겠다. 하나, 둘, 셋 하고 밀겠습니다. 하나, 둘, 셋! 끄응차~"

"이랴! 이랴!"

중년 사내가 미는 순간, 소에 채찍질을 했고 그 순간 움직이지 않을 것 같던 바퀴가 진흙 웅덩이에서 빠져나왔다.

"아이고! 고맙소."

"괜찮습니다. 돕고 살아야죠."

"아니오. 정말 귀하가 아니었으면 납품일을 넘겨 나나 이 아이들이 경을 쳤을 게요."

"허허! 그렇군요. 고마움은 가면서 천천히 표하시고 얼른 서두르시죠. 성문이 닫히기라도 하면 큰일입니다."

"아이쿠! 그것도 그렇구려. 봇짐은 밀 포대 위에 올리시오. 성까지 같이 갑시다."

"허허허! 사양하지 않겠습니다. 오랫동안 지고 왔더니 어깨가 뻐근합니다."

중년 사내의 너스레에 그제야 웃음을 찾은 폴은 서둘러 수도를 향해 걸음을 놀렸다.

통성명을 하고 세상사는 얘기를 하며 걷다 보니 성문이 닫히기 전 도착할 수 있었다.

"멈춰라!"

성문을 지키는 병사가 앞을 막고 섰다.

"폴월 마을에서 할당받은 곡식을 가져왔습니다."

"확인을 해야 하니 마차에 손을 올리고 대기해라."

병사들은 일일이 부대 자루를 눌러보며 검사를 했다.

"이 짐은 뭐냐?"

폴이 나서기 전에 중년 남자가 얼른 말했다.

"수도에 온 김에 마을에서 남는 물건을 팔까 싶어 가져왔습니다."

마치 폴월 마을에서 곡식을 운반하면서 같이 가져왔다는 뉘앙스의 말이었다.

"지나가라. 곡식을 받는 곳은 광장에 가면 행정관이 있을 거다."

"고생하십쇼, 나리들."

폴과 중년 사내는 넙죽 인사를 하고 초소를 넘어 성문으로 들어갔다.

*　　　　*　　　　*

"폴, 이만 가봐야겠네요. 조심히 마을로 돌아가세요."

"딕, 고마웠네. 자네가 아니었으면 큰일날 뻔했어."

"하하! 그 얘기는 그만하십시오."

"수도 분위기기가 흉흉하니 조심하게. 문제없이 물건 잘 팔고 가길 아라 님께 기도하겠네."

"네. 폴도요. 꼬맹이들도 안녕."

딕이라는 중년 사내는 꼬맹이들에게도 인사를 하곤 봇짐을 메고 여관이 모여 있는 곳으로 향했다.

그는 꽤 깊숙한 곳까지 걸어 적당히 허름해 보이는 여관으로 들어갔다.

"어서 옵쇼!"

안으로 들어서자 열두셋 되어 보이는 소년이 후다닥 달려와 고개를 숙였다.

"하룻밤 묵었으면 좋겠구나."

"마침 마지막 방이 남아 있습죠. 하룻밤에 10은입니다. 절대 비싼 값이 아닙니다. 요즘 수도에 이들이 몰려온 통에 방이 있는 곳도 드뭅니다."

소년은 10은이라는 말에 발길을 돌릴까 얼른 설명을 덧붙였다.

"창문은 있느냐?"

"작지만 있습죠."

딕은 창문이 있다는 말에 소년에게 10은짜리 은전을 넘겼다.

"헤헤! 다른 건 필요 없으십니까? 음식도 아주 맛있습니다."

"피곤해서 생각이 없다."

"그러시군요. 따라오십쇼. 안내해 드리겠습니다."

소년은 3층에 위치한 작은 방으로 안내했다. 딕은 방 안보다 창문의 크기만 살펴보고 소년에게 1은을 줬다.

"헤헤! 감사합니다. 필요한 것이 있으면 침대 옆에 달린 줄을 두어 번 당겨주십쇼. 12시가 넘기 전에는 언제든 달려오겠습니다."

소년은 팁을 호주머니에 챙기며 문을 닫고 나갔다.

"수도 잠입은 성공했군."

중얼거리던 딕의 얼굴이 서서히 변했다.

얼굴을 감싸고 있던 마나가 사라져서 변하는 것처럼 보이는 것이다.

그리고 변한 얼굴은 얼굴에 검은색 목탄으로 주름을 그려 넣은 아우스였다.

프링크 영지의 집에서 이틀간 머물면서 가장 먼저 발칸 시티에서 정보를 얻기로 마음을 먹었다.

워낙 넓은 곳이고 그리 오래 머문 곳이 아니라 내 얼굴을 알아보는 사람이 많진 않겠지만 조심해야 할 필요성은 있었다.

그래서 폴리모프와 비교할 수 없지만 나름 마법을 만들어 얼굴을 변장할 방법을 찾아냈다.

다만 마나를 뭉쳐서 빛을 굴절시켜 얼굴을 바꾸기 때문에 단점이 있었다.

마나에 민감한 사람이라면 얼굴에 모여 있는 마나를 보고 눈치를 챌 수 있다는 점이었다.

그에 약간의 분장을 통해 단점을 해결할 수 있었다.

"다시 변장을 해볼까."

물방울을 만들어 얼굴을 깨끗이 지웠다. 그리고 목탄을 꺼내 눈꼬리를 날카롭게 만들고 음영을 이용해 콧날을 더욱 날카롭게 만들었다.

그런 다음 마나로 이목구비를 조금씩 굴절시키자 다소 냉량한 인상의 30대 초반 얼굴이 되었다.

얼굴은 이 정도면 충분했다.

화장을 한 나는 겉에 입고 있는 옷을 벗었다.

안에는 발칸에서 가장 흔한 스타일의 기사복을 입고 있었다.

신발까지 갈아 신고 검을 옆에 차자 영락없이 삭막한 인상의 기사처럼 보였다.

마지막으로 봇짐을 풀어 더욱 효율이 좋게 만든 아공간 가방을 옆구리에 차고 웬만한 물건들은 다 그 안에 넣었다.

성문 초소를 넘기 위해 마련해 뒀던 동물의 가죽 따윈 그대로 내버려 뒀다. 그리고 창문으로 몸을 날려 여관에서 벗어났다.

발칸 시티 내성에 주로 고위 귀족들을 위한 편의 시설이 있다면 외성엔 기사들을 위한 편의 시설 지구가 따로 있다. 그중 기사들이 자주 다니는 술집으로 갔다.

전쟁 중임에도 그곳은 여전히 많은 기사로 북적이고 있었다.

바 앞에 비어 있는 의자에 앉았다.

"빌보아에 얼음 띄워서. 안주는 치즈로 부탁하지."

빌보아는 빌보아 양조장에서 만든 것으로 도수가 높고 향이 좋아 가장 잘 팔리는 술로 치즈와 먹는 것이 기본이었다.

워낙 자연스럽게 자주 왔다는 인상을 풍기자 종업원은 별다른 눈치를 채지 못하고 술과 치즈를 내 앞에 올려줬다.

난 빌보아를 단숨에 마시고 치즈 약간을 입안에 넣었다.

"크으~ 역시 빌보아야. 한 잔 더."

발칸의 기사는 첫 잔은 무조건 원샷이었다.

두 번째 잔을 받아 입을 축이며 귀를 열었다.

이곳에 온 이유는 간단하다. 술에 취하면 기사들의 입 역시 가벼워졌다.

대부분은 쓸데없는 여자 얘기.

전쟁에 대한 얘기도 제법 있었는데 내가 아는 이상 아는 사람은 아무도 없었다.

세 번째 빌보아를 마실 때 비로소 귀 기울일 만한 얘기를 들었다.

넓은 홀 구석 자리에 있는 세 기사의 얘기로 그들은 수도 경비대 복장을 하고 있었다.

"씨발! 이게 대체 말이 되냐고. 대장이 무슨 죄를 지었기에 감옥에 갇혀."

"쉿! 목소리 낮춰. 이곳에도 감찰대가 감시하고 있다는 소문이야."

"니미… 제국이 미쳐 돌아가고 있어."

경고가 통했는지 욕을 하는 기사의 목소리는 확실히 낮아졌다. 물론 듣는 것엔 아무런 문제가 없었다.

"그야 그렇지. 테린 백작님이 역모라니. 여자나 밝히고 다니던 그 양반이 역모? 차라리 우리 제국이 왕국이라는 말을 믿겠다."

"그러게, 아무래도 이상해. 정말 역모를 할 사람이었다면 속삭임 한 번에 검을 내려놨을 리가 없잖아. 검 한 번 휘둘렀으면 감찰대 모두가 죽었을 거라고. 그 다음 그냥 도망가면 되잖아."

"씨발! 내 말이 그 말이라고. 미헬라 황녀님께 소식을 알리러 간 아스 녀석도 사라졌잖아. 이건 분명 음모라고."

"무슨 음모?"

"척 보면 모르겠냐?"

"척 보면 알 수 있는 일이냐?"

"으이고! 황제 폐하가 행방불명되었다는 얘기는 공공연한 비밀이잖아."

"그야 나도 알지."

"그럼 다음 계승권자는 누구야?"

"당연히 황태자 전하시지."

"머리는 장식이냐? 머리를 좀 써봐라."

"너 설마 황녀님께서 계승권자라고 말하고 싶은 거냐? 미친놈! 그게 말이 되냐? 지금까지 단 한 번도 없었던 일이잖아. 황녀들께선 모두 자리를 버리고 일반인이 되셨어."

"그건 잭슨 말이 맞아. 넌 비약이 좀 심해."

두 기사가 합심해 몰아붙였지만 욕쟁이 기사는 오히려 답답하다는 듯 말을 이었다.

"지랄, 장식 맞네. 그럼 지금까지 황제 폐하가 실종이 된 적은 있었냐?"

"…없었지."

"그래, 없었어. 정식으로 자리를 물려줄 분이 사라졌어. 그럼 어떻게 될까? 모두들 당연히 황태자 전하가 황위를 물려받을 거라고 생각할까?"

"일부가 황녀님을 민다?"

"그래."

"에이~ 설령 있다고 해도 우리처럼 황태자 전하가 황제가 될 거라는 귀족들이 더 많을걸."

"실제로 미는 사람이 있는지가 중요한 게 아니라고, 이 답답

이들아. 정식으로 권력을 이양받지 못했던 왕자들과 황자들이 어떤 일을 겪었는지 대륙의 역사를 보면 나오잖아!"

"…아!"

"설마, 제거?"

"이제야 알겠냐? 미헬라 황녀님이 계시면 귀족들에게서 무슨 말이 나올까? 하지만 안 계시다면? 선택의 여지가 없는 거야."

"그래서 황녀님의 검이라는 테린 백작님을……."

"근데 과연 그렇게 쉬울까?"

"전쟁 중이잖아! 전쟁 중에 역모죄야. 게다가 우리 말고 현재 테린 백작의 일을 아는 사람이 있어?"

욕쟁이 검사의 추리력에 아주 좋은 정보를 얻었다.

수도에 온 이유 중 하나가 미헬라 황녀를 만나기 위해서였는데 현재 어떠한 처지인지를 알게 된 것이다.

'그 정도 추리력이라면 주변에 너희들을 감시하고 있는 사람이 있다는 것도 좀 알아차려라.'

그들과 몇 테이블 떨어진 곳에 다섯 명의 사람이 연신 그들을 흘끔거리고 있었다.

당장 달려들 것 같진 않았지만 살기를 품었는지 붉은색 기운이 넘실거렸다.

그것도 모르고 세 기사의 대화는 계속됐다.

"네 추측이 무척 타당성이 있는 건 알겠어. 그렇다고 우리가 어떻게 할 수 있는 일도 없잖아."

"…니미, 그야 그렇지."

"그럼, 그냥 입 닥치고 술이나 먹어. 테린 백작님도 역모죄로 잡혀갔는데 우리 같은 기사들은 단번에 목이 잘릴 거라고."

"그래서 이렇게 술만 처먹고 있는 거 아니냐. 젠장! 테린 백작님이 무사하셔야 할 텐데……. 너희들도 알지? 테린 백작님이 내게 어떤 분인지?"

"알지. 이미 수백 번도 더 한 얘기니까. 근데 너무 걱정 마라. 제국의 전략 병기라고 할 수 있는 그랜드 마스터에 이른 분을 쉽게 교수형에 처하겠냐?"

"모르는 소리 마. 그분이 미헬라 황녀님 말고 다른 사람을 섬길 것 같아?"

"하긴……."

"이 빌어먹을 세상!"

욕쟁이 기사는 버럭 소리를 질렀고 홀에 있던 많은 이가 그들을 바라보았다.

"쉿쉿! 이 자식 더 마시게 놔두면 사고 칠 게 뻔해. 얼른 데리고 나가자."

"그러자. 정신 차려, 이 친구야."

두 기사는 욕쟁이 기사를 양팔에 잡고 끌다시피 데리고 나갔다.

뒤이어 그들을 지켜보던 다섯 사람도 자리에 금화를 던져놓고 밖으로 나갔다.

"잘 마셨어. 나머지는 자네가 가지게."

금화를 놓고 나도 일어났다.

난 귀에 집중했던 감각을 최대한 넓히며 술집을 나왔다.

'쯧! 죽으려고 환장을 했군.'

세 기사는 멀쩡한 대로를 놔두고 좁은 골목 쪽으로 걸어가고 있었다.

술 한잔했겠다, 기분도 꿀꿀하겠다, 미혹의 거리로 방향을 잡은 것이다.

미혹의 거리는 그럴싸한 이름과 외성에 자리해 주로 상인과 준귀족을 상대한다 뿐이지 여성들이 몸을 파는 곳이었다.

큰길로 가는 방법도 있었지만 떳떳하게 대놓고 드나들 곳은 아니다 보니 사람들의 시선이 닿지 않는 골목을 지나서 도착할 수 있는 길도 존재했다.

세 기사는 후자를 선택한 것이다.

살기를 품은 다섯 명은 연신 주위를 둘러보고 있었기에 언제든 손을 쓸 수 있는 거리를 유지한 채 천천히 뒤따랐다.

"씨발, 누구야!"

두 팀이 골목에 들어가자마자 욕쟁이 기사가 외치는 소리가 들렸다.

다섯 사람은 6서클로 세 기사가 어찌할 수 있는 상대가 아니었다.

기사들은 순식간에 다섯 사람에게 제압을 당했다.

"단숨에 죽여 버리고 싶지만 너희들이 어떠한 죄를 지었는지는 알아야 할 것 같아 일단은 살려준다."

다섯 명 중 가장 강해 보이는 사내가 말했다.

"무, 무슨 말… 입니까?"

살기 앞에 욕쟁이 기사도 어쩔 수 없는 모양이다.

"아까 술집에선 잘도 지껄이더니 죽음 앞에선 얌전해지는구나."

"…우, 우린 아무 말도 하지 않았소."

"닥쳐라!"

퍼억!

기척을 죽이고 다가가는데 주먹을 휘두르는 소리가 들렸다.

"황태자 폐하를 능멸한 죄! 제국의 신하로서 감히 역모를 입에 올린 죄! 헛소문으로 사람들의 현혹한 죄! 모두 구족을 멸할 죄다. 할 말이 있느냐!"

욕쟁이 기사는 할 말이 많았나 보다. 화가 잔뜩 난 말투로 소리쳤다.

"오크 똥구멍에서 꺼낸 똥을 맛있는 빵이라고 할 새끼들이네. 그게 거짓이라면 정정당당하게 밝히면 되는 거 아냐? 씨발, 개새끼들. 우리 입을 막는다고 뜻대로 될 것 같으냐? 너희들은 분명 황제 폐하에게 사분오시 당하게 될 거다. 퉷!"

"유언치곤 더럽군. 죽어……."

슈슈슈슈슉! 푸푸푸푸푹!

살기가 정절에 이르렀을 때 주변에 아무도 없음을 확인하고 다섯 개의 검을 날렸다. 그리고 그 검들은 그대로 다섯 사람의 두개골을 뚫었다.

그들의 몸이 싸늘하게 식기 시작할 때 골목 안으로 들어갔다.

쓰러진 다섯 앞에 세 기사가 갑작스러운 상황에 당황해 눈을 동그랗게 뜨고 있었다.

"한 가지 물어보자."

"…누, 누구요?"

"내가 누군지 알아서 뭐 하게? 경비대원의 임무를 수행하기라도 하려고?"

"그게 아니라……."

"시간을 끌어봐야 좋을 게 없을 텐데? 이들의 동료가 나타나면 댁들이 어떻게 될지 빤하지 않나?"

"…마, 말하시오."

"미헬라 황녀와 테린 백작은 어디에 갇혀 있나?"

"그걸 알아서 뭘 하려고요?"

테린 백작의 말이 나오자 욕쟁이 기사의 눈이 날카로워졌다.

"아까 술집에서 말하는 걸 듣자하니 머리가 좋은 친구인 것 같은데 내가 뭘 할 것 같은가?"

"…구할 생각입니까?"

"그야 모르지. 말해줄 의무는 없잖아. 말하기 싫다면 직접 말하게 만들어줄 수도 있는데."

꽂혀 있던 검이 빠져나와 세 사람의 눈앞에서 어른거리게 만들어줬다.

"잠시만! 지금은 모르지만 알아봐 줄 수 있습니다."

"아놀드! 너 제정신이야?"

욕쟁이 기사의 이름이 아놀드인 모양이다.

"잭슨! 이 사람… 아니, 이분은 황녀님과 백작님께 해를 끼치러 온 게 아냐. 생각해 봐. 우릴 살려줬다는 것만으로도 설명이 되잖아."

"…역모로 우릴 엮으려는 것일 수도 있어."

"고작 우리를 이용해서? 역모로 엮으려고 이렇게 번거롭게 할 필요가 있을까?"

두 사람이 하는 양을 지켜봤다.

승자는 아놀드였다.

"하루, 아니, 늦어도 이틀만 주십시오. 그럼 정확한 위치를 알아봐 드리죠."

거짓과 진실을 알아볼 수 있다는 건 이럴 때 편했다.

"좋다. 그럼 이틀 후 경비대로 찾아가지. 얼른 이곳을 떠나라. 뒤처리는 내가 하지."

세 사람이 떠나는 것을 보고 다섯의 주검을 처리한 후 나는 골목에서 나왔다.

미헬라 황녀는 별궁 지하에 위치한 감옥에 감금됐다.

수백 년간 방치된 곳이라 곰팡이 냄새가 나긴 했지만 말만 지하 감옥일 뿐 웬만한 귀족의 집처럼 좋았다. 또한 같이 머무는 요리사도 있고 하녀도 있어 생활하는 데 불편함도 거의 없었다.

오로지 마나가 묶였다는 것과 아무 데도 가지 못한다는 점, 얘기할 상대가 한 명뿐이라는 것이 불편할 뿐이었다.

똑똑!

술잔을 기울이고 있는데 노크 소리가 들렸다.

미헬라는 이곳에 갇히고 나서 노크 소리에도 감정이 담겨 있음을 알게 됐다.

하녀들이 하는 노크 소리는 조용하고 침착했고, 지금 노크를 하는 이의 노크 소리는 밝고 경쾌했다.

"뭐가 저리 좋은 건지……."

고개를 흔들며 나지막이 중얼거린 그녀는 들어오라고 큰 소리로 말했다.

"아침부터 술이십니까?"

테린 백작이 빙긋이 미소를 띤 채 물었다.

"잔소리할 생각이면 그냥 혼자 있게 내버려 둬. 이곳에서 술 마시는 재미도 없으면 무슨 수로 버티겠어."

"하하! 잔소리는요. 저 역시 아침 술이 당기던 참이었습니다."

테린 백작은 너스레를 떨며 맞은편 자리에 앉았다.

그냥 나가라고 말할까 싶었다. 그러나 자신에게 충성하다가 같은 신세가 되었다는 것을 떠올리니 삼킬 수밖에 없었다.

술을 따랐다.

"크으~ 역시 좋군요."

두 사람은 주거니 받거니 하면서 술잔을 비웠다. 미헬라는 미헬라대로 답답한 마음에, 테린 백작은 테린 백작대로 안타까운 마음에 침묵을 지켰다.

침묵을 깬 건 미헬라였다.

"테린, 당신에게 살아서 내 복수를 해달라면 어쩔 건가요?"

"그랜트 황태자에게 충성을 맹세하라는 겁니까?"

"네. 그 다음 내 복수를 해줘요."

"훗! 그게 무슨 의미가 있습니까. 당신께서 이미 없는데. 그냥 끝나는 순간까지 황녀님과 함께하렵니다."

"휴우~ 도대체 내가 뭐라고요?"

"제가 충성을 맹세한 황녀님이시죠."

"그것 말고 다른 이유는 없나요?"

미헬라는 테린 백작의 마음을 눈치채지 못할 만큼 바보가 아니다.

오랜 시간 사랑이 가득한 눈빛으로 자신을 바라보는데 모를 사람이 누가 있을까.

"…있지만 말하지 않겠습니다."

"여자로 안고 싶다는 거 아녜요?"

"어찌 제가……."

미헬라는 시한부 삶을 살면서도 자신의 마음을 밝히지 못하는 테린 백작의 태도에 실망한 듯 인상을 찌푸렸다.

그녀의 그러한 모습에 자극을 받았을까. 테린 백작은 얼른 말을 덧붙였다.

"다만 황녀님을 사모하고 있습니다."

"역시 그렇군요."

"알고 계셨습니까?"

"그렇게 노골적으로 하는데 모를 리가 없죠. 다만 그 전에는 숙명처럼 따라다니던 저주 때문에 불가능했지만 지금은 상관이 없을 것 같네요."

자신의 마음을 받아준다는 말인가?

테린은 눈을 있는 대로 크게 뜨고 미헬라를 보았다.

"좋아요. 저를 품게 해주죠. 대신 아까 내가 했던 말대로 있는 힘을 다해 복수해 주세요."

테린은 사랑을 하겠다는 것이 아닌 행위만 하게 해주겠다는 미헬라의 말에 미간에 주름을 만들었다.

사랑하는 여자에게 사랑하지 않는다는 말을 듣는 것보다 더 비참해지는 순간이었다.

"…복수, 그게 그렇게 중요합니까?"

"물론이죠. 나만 죽는 건 억울하잖아요."

"설령 제가 항복을 한다 해도 그들의 감시망을 벗어나 복수를 한다는 건 사실상 불가능합니다."

"쉬울 거라 생각하지 않아요. 그만큼 어려울 거라 생각하니 기꺼이 당신과 자겠다는 거예요."

"싫습니다!"

"궁극의 경지를 이룰 용기도, 참아내며 복수할 용기가 없는 것은 아니고요?"

"어떻게 생각한다고 해도 제 마음은 변치 않습니다. 술에 취한 것 같으시니 나중에 다시 오겠습니다."

테린은 앞에 놓인 잔을 단숨에 들이켜곤 나가 버렸다.

그가 사라진 문을 물끄러미 바라보던 미헬라 한숨을 쉬듯이 중얼거렸다.

"바보……."

그랜트 황태자의 성격상 이미 한 번 거부한 사람을 다시 받아들일 만큼 너그럽지 못했다. 또한 그게 아니라도 언제 폭탄이 될지도 모르는 사람을 옆에 두고 싶은 사람이 있을까.

미헬라는 남녀 관계에 대해 모든 걸 아는 것처럼 떠들어댔지만 사실 남자 경험이 없었다. 직설적으로 표현하는 이유 역시 남자의 마음을 모르기 때문에 하는 말이었다.

사실 미헬라 역시 오래전부터 테린을 좋아하고 있었다. 그러나 그녀의 운명은 조카에게 권력을 주고 기억을 잃고 떠나야 할 몸.

그래서 애써 그를 지웠다.

그렇게 차츰 지워갈 때 아우스를 만났다. 그리고 그에게 마음이 움직였다.

준귀족인 그라면 떠나야 할 때 짝으로 선택해도 되지 않을까 하는 생각에서였다.

한데 악몽의 숲에서 피트의 집을 발견하고 피트를 만나게 된 후 중요한 사실을 알게 됐다.

그와 몸을 섞으면 운명의 굴레에서 벗어날 수 있다는 것을 알게 된 것이다.

마법은 잃게 되겠지만 기억은 온전히 남는다는 것.

테린에 대한 마음이 되살아난 건 그때부터였다.

피트의 아공간에서 실패한 후 아우스를 찾은 것도 그 때문이었다.

아우스를 찾는다는 걸 알게 된 자들 중 일부는 그녀가 아우스에게 사랑에 빠졌다고 말했지만 아니었다.

"그저 운명에서 벗어나 나로서 살고 싶을 뿐이야."

미헬라는 취해 테이블에 쓰러질 때까지 술을 마셨다.

＊　　　＊　　　＊

"별궁의 지하에 감옥이 있답니다. 그곳에 황녀님과 테린 백작님이 계실 가능성이 높습니다."

아놀드가 전해준 정보는 확실하다는 보장이 없었다. 다만 황궁의 주방에서 식료품을 담당하는 시녀가 아무도 없는 별

궁으로 식료품이 흘러간다는 얘기를 했다는 점이 신뢰성을
더할 뿐이다.

다른 정보를 얻을 곳이 없었기에 결국 침투하기로 마음을
먹었다.

물론 마음먹었다고 바로 침투할 수 있을 만큼 황궁은 만만
한 곳이 아니었다.

이틀을 더 준비했다.

변장술을 가다듬고 내궁까지 들어갈 수 있는 자 중에 한
명을 선택했다.

늦은 밤, 내궁에서 행정 업무를 보고 있는 토두람 자작의
저택.

감각을 넓혀 살펴보니 저택을 지키는 기사단 중에 제일 수
준이 높은 자가 6서클이었다.

마도사도 없는데 머뭇거릴 이유가 없었다.

무인지경으로 저택 안으로 들어갔다.

자작이 있을 거라 짐작되는 방 안에는 두 명의 남녀가 침대
에 누워 있었다.

덩치가 작은 여자에겐 슬립을 걸고 침실 안으로 들어갔다.

"……!"

일부러 자작이 알 수 있을 정도의 기척을 내고 들어가자 눈
을 뜨며 고함을 치고는 침대 옆에 위치한 알람 마법을 손대려

했다.

"그럼 곤란하지."

그가 움직이지 못하도록 만들고 입까지 완벽하게 틀어막았다.

"난 황궁으로 들어갈 생각이야. 그래서 정보가 필요한데 도움을 줄 수 있을까? 아! 정확한 정보를 준다면 목숨을 빼앗지는 않을 거야, 어때? 내 제안을 받아들일 것 같으면 고개를 끄덕여."

토두람 자작은 꽤 강단이 있는 자인지 눈을 부릅뜨며 고개를 저었다.

"뭐, 밤은 기니까 버틸 수 있으면 버텨봐. 언제든 고개를 끄덕이면 멈춰줄게."

당근과 채찍을 번갈아가면서 행한 결과, 1시간도 되지 않아 그는 입을 열었다.

두 시간 동안 꼼꼼히 캐물었다.

중간중간 거짓말을 할 땐 몇 번 고통을 주자 그 다음부턴 귀신을 보는 듯하며 진실을 말했다.

"약속대로 살려두지. 이 안에서 이틀 정도 버티면 자동으로 나올 수 있을 거야."

난 그를 묶어 옷장의 구석에 넣고 왜곡 마법진을 그려 넣었다. 마지막으로 적당한 크기의 마나석을 꽂아 이틀간 나올 수 없게 만들었다.

츠츠츠츠츠!

내 얼굴이 서서히 변하기 시작했다.

전에는 외부의 마나를 왜곡시켜 얼굴을 변형시키는 방법이었지만 이번엔 내부의 마나를 이용해 얼굴의 근육의 모양을 변형시키는 방법이었다.

주름을 만들고 콧대를 살짝 구부러지게 했다. 입술은 얄팍하게 만들었다. 10분 정도 지나자 얼굴에 아릿한 고통이 느껴지면 토두람 자작으로 바뀌었다.

옷을 갈아입고 침대에 누웠다. 잠결에 안겨오는 첩을 살짝 밀어내곤 아침이 올 때까지 기다렸다.

토두람 자작의 아침은 전쟁으로 인해 아침 6시부터 시작됐다.

일어나 하녀가 갖다 주는 물을 이용해 씻고 가족들과 아침을 먹었다. 그리고 바로 출근 준비. 역시 하녀가 입혀주는 옷을 입고 현관으로 나가 대기하고 있던 두 명의 기사와 함께 황궁으로 갔다.

"오늘 퇴근은 혼자 하지."

"예, 자작님!"

고개를 숙이는 두 기사를 뒤로하고 황궁의 외문으로 들어섰다. 외문의 경우 근무를 서는 기사들의 날카로운 눈길만 피하면 되는 일인지라 어렵지 않게 통과했다.

'외문에서 내문까진 걸어서 20분. 말 거는 사람만 없으면 좋

젰는데……'

두 시간 동안 황궁에 인사를 나누는 사람들의 이름과 특징을 물어보는 건 한계가 있었다.

자작 이상만 해도 그 수가 백 명이 넘어간다니 많아도 너무 많았다. 물론 행정직 귀족들만이다.

거기에 잠깐 궁에 들른 귀족들까지 치면 일일이 떠올리기도 불가능했다.

아무튼 나의 소망은 부질없는 짓이었다.

"허허허! 토두람 자작, 출근하시는가?"

"예, …백작님. 격무에 노고가 많으십니다."

"토두람 자작, 지난번에 얘기한 칸켈 전선 식량 지원 대책은 어떻게 되어가나?"

"조만간 처리가 될 것 같, 콜록! 콜록! 이런 감기가 걸렸군요."

"몸조심하고 얼른 처리해 주게. 굶으면서 전투를 할 수는 없지 않은가."

"그러… 콜록!"

"에잉~ 난 가네."

임기응변을 사용하며 겨우겨우 내문 가까이까지 갔다. 내문만 넘으면 바로 왼쪽에 집무실이 있는 행정관 건물이 있었다.

그때 뒤쪽에서 7서클로 보이는 마도사가 빠르게 다가왔다.

'지나가라. 그냥 인사만 하고 지나가.'

마법적으로는 운이 좋지만 그 이외의 운은 상당히 나쁜 편이었다. 아니나 다를까, 마도사는 옆에 와서 어깨동무를 턱 하니 했다.

"토두람, 나한테 할 말 있지 않아?"

뜬금없는 질문.

친구? 상전? 아니면… 적대적 관계?

"콜록! 콜록!"

기침을 하면서 토두람 자작에게서 들은 이들의 특징을 생각하며 40대 초반의 중년인과 비교해 누구인지 파악하려 했다.

'없다!'

일치하는 사람은 없었다. 토두람 자작이 놓쳤거나 엿 먹어 보라고 가르쳐 주지 않았을 수도 있다.

임기응변밖에 답이 없었다. 머리는 어느 때보다 빠르게 굴러갔다.

친구? 아니다. 그의 기운에서 적대감이 느껴진다.

상전? 작위는 아무래도 같거나 높다. 아니! 높다. 친근한 자세이긴 하지만 같은 직위라기엔 손의 위치가 마치 목을 조르는 듯한 모양새다.

"쯧! 여름 감기는 오크도 안 걸린다는데……."

"요즘 업무 때문에 조금 무리해서……."

"그래서? 내가 올린 서류에 대해 예스야, 노야?"

"…잠시 신분패 검사를."

"됐어! 나랑 들어가는데 무슨 상관이야."

직위가 높은지 자작인 토두람도 반드시 해야 한다는 신분패 검사와 신체검사 과정을 손짓으로 통과했다.

이제 행정관 건물까진 100미터 남짓. 대답을 하지 않으면 따라 들어올 기세다.

이렇게 나란히 걸을 땐 변신술에 대한 걱정이 없지만 마주 본다면 7서클 마도사 정도라면 알아볼 가능성이 높았다.

"서류에 대해서는 긍정적으로 검토하겠습니다."

"후후! 이제야 말이 좀 통하는군. 앞으로 이틀 뒤네. 자네도 이제 슬슬 대세를 따라야 하지 않겠나. 지금의 자리를 유지하려면 말일세."

"물론입니다."

그는 등을 팡팡 두들기며 흡족해했다.

"하하! 대세를 알아야 준걸이라고 했지. 근데 자네 운동을 꽤 하나 보군?"

"…크흠! 첩의 등쌀에."

"크하하! 그렇지. 남자는 밖에서뿐만 아니라 안에서도 열심히 해야지. 그럼 수고하게."

이름조차 알지 못하는 놈에게서 벗어나 다행히 토두람 자작의 집무실에 도착했다.

"휴우~ 식은땀이 다 나네. 일단 여기까진 도착을 했는데 다음이 문제로군."

토두람 자작의 말에 따르면 내궁은 블록처럼 구분되어 있다고 했다. 그리고 각자 머무는 블록을 벗어나기 위해선 반드시 위의 명령이 있어야 가능하다고 했다.

게다가 블록에서 블록으로 옮기려면 반드시 기사단을 거쳐야 한다고 했다.

방법이 없는 건 아니었다.

블록과 블록을 순찰하는 기사가 있는데 각각 두 시간마다 한 바퀴씩 돈다고 했다. 그자로 변해 다음 블록으로 이동할 생각이었다.

"시간이 될 때까지 일하는 척해볼까?"

마법 도장으로 결재 서류에 도장만 찍으면 되는 일이다. 자작이라면 꼼꼼히 살피겠지만 난 그냥 쿵쿵 다 찍어버렸다.

적당히 두꺼운 서류를 앞에 펼쳐두고 눈을 감았다. 그리고 마보세로 일대를 살피기 시작했다.

내궁의 한 블록이라고 해서 좁을 거라는 생각은 오산이었다. 원래 최대 감각보다 한 번 더 확장을 한 후에야 블록을 감시할 수 있었다.

더 확장해 볼까 하다가 혹시나 기감이 뛰어난 이가 있다면 들킬 수도 있었기에 블록만 살폈다.

"자작님, 이건 오늘 살펴보셔야 할 서류들입니다."

"그러지. 이건 결재한 서류들일세."

집무실엔 비서관이 있었기에 딱히 긴장할 이유가 없었다.

오늘은 웬만하면 아무도 들이지 말라는 명까지 내려둔 상태였다.

"참! 11시 15분쯤 잠시 나갔다 올 생각이니 혹시 누가 찾으면 기다려 달라고 하게."

"알겠습니다."

9시 30분에 순찰 기사가 지나갔으니 다음엔 11시 30분에 지나갈 터였다.

11시쯤 남작이 한 명 찾아와 자신의 것을 빨리 처리해 달라는 부탁을 했다. 바로 도장을 찍어주자 그는 별다른 의심 없이 고맙다는 인사를 하고 갔다.

11시 15분. 집무실에서 나온 나는 건물 옆에 위치한 공원으로 들어갔다.

전쟁 때문에 오전엔 잘 쉬지 않는지 공원은 거의 비어 있었다.

마치 산책을 하는 척 걷고 있자 북서쪽 문에서 순찰 기사가 나오는 것이 느껴졌다.

6서클 마법 기사였다.

사람이 없는 곳으로 자리를 옮겼다. 그리고 거리가 가까워졌을 때 바로 움직였다.

마치 낚시를 하듯 투명 손으로 그의 뒷덜미를 쳐 기절시킨 후 공원 쪽으로 당겼다.

"미안, 개인적인 원한은 없어."

공중에 떠서 축 처져 있는 그의 얼굴을 훔치고 옷을 벗겼다. 혹시 어떤 장치라도 있을까 봐 완전히 벗겼다.

얼른 옷을 갈아입은 나는 그와 토두람 자작의 옷을 수탄을 이용해 날려 버리고 공원을 빠져나왔다.

'4분. 다른 사람들의 움직임은 없어.'

이 정도면 충분했다.

걸음을 빨리해서 블록의 남동쪽 문으로 갔다.

문을 지키고 있던 기사가 날 보곤 물었다.

"린치 경, 얼굴이 영 안 좋으십니다."

기절해 있을 때의 얼굴을 카피해서 그런가.

"졸려서 그래… 하아아아암!"

"어제 또 미혹의 거리에 다녀오셨습니까?"

"글쎄, 아무튼 피곤하네. 수고들 해."

대수롭지 않게 말하며 문을 지나 다음 블록으로 넘어왔다.

'여긴 정원인가?'

감각을 확장하자 사람의 기운이 딱히 느껴지지 않았다. 좀 더 걷자 11시 방향과 9시 방향에 문이 있음을 알게 됐다.

'아홉 시일까? 열한 시일까? 아무래도 감각을 좀 더 확장해 봐야겠어.'

기사로 변한 이상 머뭇거릴 시간이 없었다.

근무를 시작하고 언제 행정관이 있는 곳을 순찰하는지 모른다. 즉, 다음 블록에서 근무 교대가 이루어질 수도 있다는 얘기다.

'젠장! 아주 슬픈 예감은 틀린 적이 없다니까.'

내가 가야 할 방향은 9시였다. 거기에 수많은 기사가 옹기종기 모여 있었다.

두 배 이상 확장하자 살짝 머리가 아파왔기에 얼른 확장을 끝냈다.

'어쩔 수 없지.'

용담호혈에서 모험을 하기엔 너무 부담이었다. 내 멋대로 움직일 순 있겠지만 그렇게 하면 별궁에 도착하기도 전에 쫓기게 될 것이다.

방향을 틀어 9시 방향으로 갔다.

"수고했습니다, 린치 경."

"당연히 해야 할 일인데, 뭘. 고생들 하라고."

문을 지나 오른쪽을 보자 넓은 연병장과 연무장이 있었고 그 사이에 수비대 건물이 나왔다.

'이제 보니 옆에 달린 견장의 무늬가 계급인가 보군.'

V 문양이 네 개 달린 사내를 빤히 보자 그는 인상을 찌푸렸다. 그에 문을 지키던 기사들이 날 향해 했던 것처럼 얼른 손을 올려 인사를 하자 그제야 그가 인상을 풀었다.

건물 안으로 들어가자 오른쪽 게시판에 뭔가가 붙어 있다. 몇 명은 그걸 보고 웃기도 하고 다른 몇몇은 인상을 쓰기도 했다.

쓱 훑어보니 여러 개의 근무표가 붙어 있었다.

'내 이름이 있는 곳이……'

순찰 근무표에 린치라는 이름이 적혀 있었다.

'쯧! 밤에 이 인으로 한 바퀴 도는 게 끝이군. 무슨 근무가 이렇게 널널해. 다음 타임 때 다시 나가고 싶은데 어쩐다?'

나머지 시간은 개인적인 훈련 시간이라는 걸 몰랐다.

'1시 근무자가 라임 홀트. 그냥 근무를 서주겠다고 하면 미친놈 취급하겠지?'

일단 그가 누군지 알아야 했기에 이곳을 지나가는 문양 두 개를 단 이에게 물었다.

"혹시 라임 홀트가 어디 있는지 아나?"

"라임 삼위님 말씀입니까? 위층 휴게실에서 카드 하고 있지 않을까요?"

"고마워."

문양 두 개를 단 남자는 대답을 하면서도 고개를 갸웃거렸지만 상관이라 그런지 곧 신경 쓰지 않고 건물 밖으로 나갔다.

그가 왜 갸웃거렸는지는 위층 휴게실로 올라가자 단번에 알 수 있었다.

"헤이! 린치. 근무 끝났으면 얼른 이쪽으로 오라고."

카드 게임을 하고 있던 삼위들 중 한 명이 나를 보더니 손을 흔들었다.

울고 싶은데 뺨 때린다고, 성큼 다가가 그들이 비워주는 자리에 앉았다.

테이블 위엔 동화와 은화가 전부인 게 크게 노는 것 같지는 않았다.

린치의 호주머니를 뒤지니 은화와 동화가 제법 있었다. 테이블에 꺼내놓으며 라임이 누구인지를 파악하기 위해 물었다.

"라임, 많이 땄나?"

"보면 몰라? 쪽 빨았지, 흐흐흐!"

이제 보니 라임은 좀 전에 오라고 손을 든 사람이었다.

"라임, 얼른 돌려. 점심 먹고 너 근무 시간이잖아. 딴 놈이 튀면 나머지는 동화 가지고 놀아야 해."

"큭큭큭! 허드슨, 이번에 좋은 패를 줄게."

발칸 제국에서 주로 하는 카드 게임은 파이브 카드.

카드 다섯 장으로 정해져 있는 가장 높은 급을 만드는 게임이다.

"50동."

"받고 레이스, 1은으로."

세 번째 카드를 받자마자 레이스가 시작됐다.

난 일부러 카드가 좋지 않은데도 따라갔다. 따기 위함이 아닌 잃기 위한 게임이었다.

돈을 빠르게 잃어갔다. 그리고 거의 남지 않았을 때 라임과 둘만 붙게 됐다.

라임의 바닥에 놓인 패는 13, 13, 2. 내 패는 11, 9, 1. 문양만 같을 뿐 좋지 않았다.

"1은."

"5은으로."

"큭큭큭! 1이 두 장인가? 아님 모양이 네 개가 같은 것 같은데 그걸로 마지막 장을 보려고? 어림없지. 합이 10은으로."

"콜!"

마지막 돈까지 넣고 마지막 다섯 번째 장을 받았다.

"돈이 없으니 그냥 펼까?"

"그럴 수야 없지. 내가 네 근무 대신 서줄 테니까 10은만 더 넣어."

"오! 친구. 그럼 내가 쫄 거라고 생각한 거야? 큭큭큭! 이 친구, 돈 잃고 근무까지 서겠구먼. 코~ 올!"

라임은 기쁜 마음으로 10은을 넣더니 카드를 폈다.

13이 셋 장이었다.

"에이, 씨발! 왜 마지막에 똥 패가 뜨고 지랄이야!"

난 카드를 던지고 휘휘 휘저어 버렸다.

사실은 모든 문양이 같아 내가 이기는 패였지만 목적은 따로 있었으니 상관없다.

"린치, 점심 먹고 한 바퀴 부탁해. 큭큭큭!"

난 화가 난 듯 라임의 말에 '알았다'고 대답한 후 뒤도 돌아보지 않고 휴게실에서 나왔다.

정작 고마운 건 나였다.

지하에 있는 식당에서 점심을 먹으며 정보를 모았다. 그리고 궁을 정면으로 바라보고 3시 방향에 별궁이 있다는 얘기도 듣게 됐다.

재수 없다고 생각했는데 의외로 재수가 좋았다.

1시 10분 전에 나와 밖을 어슬렁거렸다. 근무 출발을 어떻게, 어디서 하는지 몰라서 한 행동이었다.

12시 58분, 덩치가 산만 한 7서클 마도사가 척척 걸어와 연병장과 연무장 사이의 길에 섰다.

난 얼른 복장을 바로 하고 그쪽으로 갔다.

"라임은 어쩌고 자네가 다시 왔나?"

"라임이 일이 있다고 해서 다음에 저 대신 서주기로 하고 교대했습니다."

"웃기네. 또 도박을 해서 잃었겠지."

생각보다 종종 있는 일인지 마도사는 실소를 지었다.

나 말고도 근무 교대를 하는 여섯 명의 기사가 더 있었다.

"다들 지겨울 만큼 섰으니 별다른 말은 하지 않겠다. 다만 요즘 궁의 분위기가 좋지 않으니 절대 허튼짓하다가 걸리지 않도록 주의한다. 그땐 목이 날아가도 내가 책임져 줄 수 없다. 알겠나?"

"예!"

"출발!"

여섯 기사는 모두 아까 들어왔던 곳으로 향했고, 난 어떻게 도는지 눈치를 채곤 그들을 뒤따랐다.

두 번째 근무를 시작하며 어떤 식으로 순찰이 이루어지는지 알 수 있었다.

내궁의 중심, 황실 사람들이 사는 곳을 가운데로 놓고 시계 반대 방향으로 순찰을 돌고 있었다.

여섯 명 중 넷은 다른 곳으로 갔고 나머지 둘은 계속해서 나와 같은 방향으로 움직였다.

"너희들 근무지는 어디냐?"

"별궁 앞입니다."

이렇게 공교로울 수가.

"별궁이라면 요즘 꽤 수선스럽지 않나?"

"린치 경께서도 잘 아시면서."

몰라서 묻는 거다.

난 은근한 말로 대답을 유도했다.

"대충이야 알지. 근무 서기는 귀찮지 않고?"

"딱히 불편할 것도 없습니다. 출입자들은 정해져 있고 나머지는 방어 마법진이 알아서 하지 않습니까?"

방어 마법진이 있다?

당연히 알람 마법도 있을 것이다.

먼저 뚫느냐, 들이닥치느냐의 문제인가?

'아니면 뒤틀어 버리거나.'

얼음의 성 이후로 마법에 대한 전반적인 이해도가 확 상승했다.

'어떻게?'라고 묻는다면 정확하게는 답할 수가 없다. 그저 내 의지가 마나처럼, 마나가 내 의지처럼 느껴진다고 할까.

아무튼 점점 9서클에 가까워지고 있는 건 분명했다.

시시덕거리며 얘기를 하며 걷다 보니 별궁 입구에 도착했다.

"오~ 근무 교대군. 린치 경, 또 근무를 서시는군요?"

근무 교대가 이루어졌다.

"쩝! 그렇게 됐어."

"고생하십시오. 저흰 이만."

전 근무자들은 오래 서 있어서 몸이 굳었는지 이리저리 움직이며 가버렸다.

"린치 경은 안 가십니까?"

부지런히 걸으며 살펴야 두 시간 만에 순찰을 할 수 있었다. 곳곳에 마법진으로 방어가 되어 있어 사실상 형식적인 것이지만 무시할 순 없었다.

"잠깐만. 생각할 것이 있어서."

별궁의 기운을 느끼려 했지만 밖에서는 안을 볼 수 없게 해놓은 구조였다.

시간만 넉넉하다면야 파악할 수 있겠지만 그럴 여유는 없었다.

"…오늘따라 조금 이상하십니다."

2분쯤 지나자 기사가 이상하다는 눈초리로 바라보았다.

"아! 생각이 너무 길었네. 이제 가봐야지. 다행이라 생각해."

"…뭐를 말입니까?"

"오면서 대화를 한 덕분에 죽이진 않을게."

"예?! 크윽!"

"컥!"

두 기사는 그대로 앞으로 꼬꾸라졌다. 그리고 그들이 쓰러지기 전에 별궁의 문을 지나 안으로 들어갔다.

"미로진이 아닌 환상 마법진이군."

들어서자마자 궁이 아닌 끝이 보이지 않는 평원이 보였다.

걸음을 내딛자 땅이 흔들리며 10미터는 족히 될 수십 마리의 웜들이 튀어나와 덮쳐왔다.

환상이면서도 마나로 인해 실제로 고통과 물리적 피해를 입힐 수 있는 존재.

"상당히 독특하고 재미있는 방법이네. 이 정도까지 구현을 하면서도 마나석이 사용되지 않았어. 역시 마법엔 끝이 없는 것 같아. 디스펠!"

내 주변으로 디스펠을 사용하자 날 물기 위해 오던 웜들의 머리가 마치 비누 거품처럼 사라졌다.

물론 끝이 아니다. 사라지기가 무섭게 새로운 웜들이 다시 나타났다.

"쩝! 이러다 끝이 없겠네. 디스펠!"

난 앞으로 걸으면서 머릿속으로는 마법진을 파악하기 위해 노력하고 있었다.

이미 비상이 걸려 마도사들이 달려오고 있겠지만 지금은 그보다 무한 반복처럼 계속해서 공격해 오는 웜이 더 무서웠다.

마법진의 기본 원리를 파악한 후 본격적으로 세부적으로 파고들었다.

마나를 통해 파악한 마법진이 머릿속에서 그려지도록 하는 수밖에 없었다.

'하! 피트, 이 인간은 정말 천재였어.'

내가 웜을 깨뜨리기 위해 사용하는 힘을 그대로 받아들여 다시 웜을 만드는 데 사용하고 있었다.

즉, 영원히 싸워도 웜을 사라지지 않는다는 얘기다.

마법진을 벗어나려면 버티지 못할 힘으로 깨버리거나 파훼하거나 둘 중에 하나였다.

플린 왕국 사람들은 나를 천재라고 생각할지 모르지만 피트에 비하면 정말 새 발의 피였다.

이미 만들어진 것을 알아내 사용하는 것과 기존에 없던 것을 만드는 건 천양지차다. 나와 피트의 차이이기도 했다.

뭐, 그렇다고 자존감이 없지는 않았다. 피트에 비해서 부족하다는 거지 다른 사람들과 비교하면 좀 낫다고 생각했다.

"바로 이런 점에서 말이야!"

여덟 개의 검이 아공간 검집에서 빠져나가 팔방으로 날았다.

그리고 땅에 박혀 문양을 그려낸 후 멈췄다.

우우우우우웅!

갑작스러운 마법진의 변화에 마법진은 우는 것처럼 떨렸다. 그러나 곧 검들이 그려낸 문양에도 마나를 공급한 후 새로운 환상 마법진으로 바뀌었다.

이제 날 잡으러 오는 마도사들이 도리어 마법진에 갇히게 될 것이다.

"고생들 해보서."

평원은 사라지고 별궁이 눈에 보였다.

내가 걷는 길이 마법진의 활로였다.

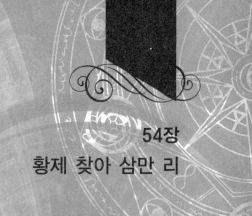

54장
황제 찾아 삼만 리

"언제까지 술만 마시고 계실 겁니까?"

테린은 찾아올 때마다 술을 마시고 있는 미헬라의 모습에 심각한 표정으로 말했다.

"다른 방법이 없잖아요. 이리 와서 테린 백작도 마셔요. 이곳에서 맨 정신으로 버티는 건 불가능해요."

오빠인 황태자에게 배신당하고, 단주로 있던 제국 수호단의 일부도 그녀에게 등을 돌렸으니 그녀의 마음이 어떨지 이해는 됐다.

그러나 이건 아니었다.

언제나 자신만만하던 그녀가 서서히 술에 중독되어 가는

모습은 그로서는 도무지 보고 있을 수 없었다.

"그만 마십시오!"

테린은 술병을 빼앗았다.

"…당신까지 날 무시하는 건가요?"

"그렇게 생각해도 좋습니다. 하지만 술은 더 이상 안 됩니다."

"난 마셔야겠어요, 테린 백작!"

"안 됩니다!"

"황녀로서의 명령이에요!"

"차라리 명령 불복종으로 절 참하십시오!"

"…내가 못 할 것 같아요? 마지막 경고예요. 그 술 당장 가져와요."

그러나 테린은 아무 말 하지 않고 충성을 맹세할 때처럼 한쪽 무릎을 꿇고 앉아 목을 내밀었다.

"이……!"

미헬라는 단검을 높이 치켜들었다. 그러나 그건 위협이 아닌 이렇게라도 하지 않으면 자신이 황녀였다는 것조차 잊을 것 같아서 행한 마지막 남은 자존심이었다.

그러나 아무런 말없이 고개를 내밀고 있는 테린을 보니 의미 없는 짓이라는 것만 깨달았다.

마지막까지 남아준 자신의 사람이었고, 마지막까지 함께할 자신의 사랑이었다.

슬픈 눈으로 테린을 내려다보던 그녀는 예상대로 힘없이 단

검을 떨구었다.

쨍그랑!

"…새로운 술을 가져와야겠어요."

단검을 바닥에 던진 미헬라는 마음을 숨기고 그를 지나쳐 밖으로 나가려 했다. 그러나 그녀의 허리를 껴안는 손이 있었다.

"그러지 마십시오. 황태자는 이곳에서 황녀님이 자결하길 바라고 있을 겁니다. 그에게 복수하는 길은 뜻대로 되지 않게 하는 것입니다. 제발 죽을 때까지 황녀 전하로 남아주십시오."

미헬라도 알고 있었다. 그럼에도 불구하고 하루하루 버티기가 힘들었다.

자신이 온실 속의 화초였음을 이곳에 갇히고 나서야 깨달았다.

"…나 혼자는 힘들어요."

"미약한 저의 힘이라도 도움이 된다면 돕겠습니다."

"그럼… 안아줘요."

미헬라의 말에 테린의 눈동자가 마구 흔들렸다. 그러다 그녀가 가느다랗게 떨고 있는 것을 느끼는 순간 알게 됐다. 그녀가 얼마나 많은 용기를 내고 있는지.

아래를 보고 있던 고개를 들어 미헬라를 봤다.

"아!"

그녀는 그토록 바라고 바라던 눈빛으로 그를 바라보고 있었다.

테린은 천천히 일어났다.

숨결까지 느껴지는 가까운 거리.

어느 때보다 무겁게 느껴지는 팔을 들어 올려 그녀를 안았다.

문득 시야가 흐려졌다.

사랑하는 여인을 구하지 못하고 안아줄 수밖에 없다는 사실이 가슴 아프고 원망스러웠다.

어느새 눈물을 흘리고 있었을까. 미헬라가 그의 등을 쓰다듬으며 중얼거렸다.

"테린, 울지 말아요. 지금은 당신이 옆에 있다는 것만으로도 충분히 위안이 되니까요."

"화, 황녀 전하!"

"미헬라라고 불러줘요."

"…미헬라!"

엇갈려 있던 두 사람의 얼굴이 누가 먼저랄 것도 없이 움직여 서로의 눈을 보았고 서서히 두 개의 입술이 하나가 됐다.

세상이 폭발하는 듯 거대한 울림이 느껴졌다.

테린은 수많은 여인과 수천 번 키스를 했지만 결단코 지금과 같은 느낌을 받지 못했다.

미헬라 역시 테린과 비슷한 느낌을 받았다.

어린 시절의 장난스러운 뽀뽀가 아닌 첫 키스.

누군가가 첫 키스의 느낌이 거대한 종이 울리고 폭죽이 터지는 듯한 기분이라고 했을 때 거짓인 줄 알았는데 진실이었다.

두 사람은 오랜 시간 기다려 온 긴 키스를 했다. 그리고 뜨거워진 두 사람의 손은 서로의 몸을 더듬으며 더 많은 것을 갈구했다.

그때.

"험험! 계속 기다려 주고 싶은데 뚫지 못하면 이곳을 날려버릴 수가 있어서… 나머지는 일단 벗어나서 그곳에서 하는 것이 어떤지?"

낯선 목소리에 두 사람은 후다닥 떨어졌다. 그리고 소리가 난 쪽을 쳐다본 후 놀란 표정을 지으며 소리쳤다.

"아, 아우스!!!"

"아아우스가 아니라 아우스입니다. 오랜만입니다, 미헬라 황녀님, 테린 백작님. 문을 부쉈을 때 꽤 시끄러웠을 텐데 이런 상황에서 떡을……."

"모, 몰랐어! 아, 안 그렇습니까, 황녀 전하?"

테린은 떡 얘기에 얼른 말을 끊으며 미헬라에게 동의를 구했다.

"그, 그래, 나도 몰랐어요!"

"네네, 그러셨겠죠. 원래 그쪽 계통이 천지가 개벽을 해도 집중하게 되죠. 아무튼 일단 도망을 갈까요?"

금속판이 아우스의 등 뒤에서 튀어나오며 커다란 마법진을 만들었다.

"어떻게? 이곳엔 마나 제어 마법진이 있는데……."

"못 보는 사이에 재주가 좀 늘었죠. 계속 그렇게 계실 겁니까? 뭐, 계속 하던 일을 하시겠다면 어쩔 수 없이 저 혼자 가야죠."

테린과 미헬라는 아우스가 어떻게 감시를 뚫고 이곳에 왔는지 궁금했지만 일단 미루기로 했다. 그리고 얼른 마법진 위에 올랐다.

"첫 이동은 멀리까지 가지 못해 연속해서 이동할 테니 움직이라고 말할 때까지 움직이지 마세요."

아우스의 말이 끝남과 함께 하얀빛과 함께 세 사람은 사라졌다.

*　　　*　　　*

바에크 산맥, 쥬리스 산 밑에 있는 동굴 앞.

공간이 일그러지듯 서서히 뒤틀리더니 빛이 터져 나왔다. 그리고 두 명의 남자와 한 명의 여자가 그 위치에 생겨났다.

"여긴 어디야?"

여전히 멍한 테린이 물었다.

"우욱!"

연속된 텔레포트에 속이 뒤집어진 건지 미헬라는 얼른 뛰어가더니 먹은 걸 토해냈다.

주룩주룩 술만 토해내는 것이 어지간히 술만 퍼 먹었나 보다.

"감옥에서 새 생명을 잉태했나 보군요. 축하드립니다."

"…아니거든!"

"아무튼 여기는 보들레 영지 근처에 있는 쥬리스 산이에요."

"이곳에 온 적 있었어?"

"과거 존슨일 때 산적을 소탕하러 온 적 있었죠. 여관이 아니라 실망하셨습니까?"

"…그만 좀 놀리지?"

다 토했는지 입을 슥 닦으며 다가온 미헬라가 도끼눈을 뜨며 바라봤다.

"네네, 안에 가면 잠자기에 괜찮은… 컥!"

날카로운 바람이 옆구리에 와서 박혔다.

"그만하라고 했지!"

"…쉬기에 그럭저럭 괜찮은 곳이라는 말을 하려던 것뿐인데… 네네, 말조심하죠."

생각해 보니 미헬라는 진실을 보는 눈을 가지고 있었다. 놀리는 건지 아닌지를 모를 리가 없다.

테린 백작이 어떻게 살지 눈에 보인다.

"한데 어떻게 우릴 구하러 온 거야?"

"황제의 행방을 알아보기 위해 미헬라 님을 찾으러 왔는데 갇혔다는 소문을 듣고 구한 거죠. 백작님은 덤!"

"그렇게 강조하지 않아도 되거든!"

"아우스 경, 아버지가 어떻게 됐는지 알아?"

"듣자하니 어떤 멍청한 황태자가 수를 쓴 것 같다고 하던데요."

"…역시."

미헬라는 입술이 하얗게 될 때까지 깨물었다.

"이야기는 좀 이따가 하기로 하고, 먹을 거 잡아올 테니 안으로 들어가 계세요. 들어갈 때 뼈다귀가 있으면 적당히 치워 놓고요."

두 사람의 대답을 듣기 전에 움직였다. 멀지 않은 곳에 사슴이 있었고, 놈을 잡았다.

피를 빼고 내장을 제거한 후 가죽을 제거했다. 그리고 동굴로 돌아왔다.

당시 토벌을 할 때 그대로 놔둔 시체들은 동물들이 사는 곳이라 그런지 해골밖에 남지 않았고 두 사람이 안으로 들어가면서 한쪽으로 깨끗이 치워둬 거치적거림 없이 들어갔다.

혹시 몰라 들고 온 죽은 나무를 장작으로 만들어 불을 피우고 사슴 고기를 공중에 띄워 구웠다.

꼬챙이도 없이 공중에 떠서 빙글빙글 돌아가는 사슴 고기가 일견 요상했지만 이 정도는 세 사람 모두 가능한 일인지라 감탄 따윈 없었다.

"황녀님, 혹시 황제 폐하를 감금해 뒀을 만한 곳은 없습니까?"

"글쎄, 과거라면 발트란 감옥이 좋겠지만 누구 덕분에 사라졌잖아. 지금은 잘 모르겠어."

"휴우~ 이 넓은 제국을 언제 다 찾아보냐. 그 전에 발칸은 끝나겠군."

"잠깐! 발칸이 끝나다니 무슨 말이야?"

"피트가 8서클을 만들어주는 대신 제약을 만들어뒀답니다. 그리고 그 제약이 깨지면 수도에 무슨 일이 일어날 거라고 하더군요."

"무슨 일? 그거 누구에게 들은 얘기야?"

미헬라는 거짓이 아님을 알고 다급하게 물었다.

"뮤트 제국의 황제에게서요. 물론 무슨 일이 일어날지에 대해선 모릅니다."

"제약은? 제약은 뭘 말하는 거지?"

"글쎄요. 말을 안 해줘서 정확히는 모릅니다. 다만 8서클이 일정 이상의 수를 비우면 발동하지 않을까 예상하고 있죠."

"맙소사! 설마 그 장치가……!"

"무슨 장치요?"

"내가 맡고 있었던 단체에 마나를 가진 사람들을 검색할 수 있는 장치가 있어. 피트가 만들어준 거야."

"…그게 무기가 될 가능성도 있겠군요?"

"아마도……."

제약이 깨졌을 때 마법사만 죽이느냐 전부를 죽이느냐가 문제였다.

미헬라의 표정을 볼 때 평범한 사람도 검색할 수 있는 기능이 있는 것 같았다.

이왕 꺼낸 김에 흑탑에 관련된 것도 얘기해 주었다.

두 사람은 한동안 말이 없었다. 그러다 미헬라가 혼잣말처럼 중얼거렸다.

"…그랜트가 흑탑과 손을 잡은 게 분명해."

미헬라는 자신이 어떻게 잡혔는지에 대해 얘기해 주었다. 갑자기 나타난 검은 로브의 8서클 마도사에게 제압을 당했다고 했다.

"그나저나 큰일이네요. 전쟁을 멈추려면 황제 폐하가 필요한데."

갑갑했다.

솔직히 미헬라가 모를 경우는 염두에 두지 않았다.

그렇다면 모래사장에서 바늘을 찾는 게 훨씬 쉬운 일이다. 살아 있는 동안이라도 행복한 사람과 즐거운 시간을 보내는 게 더 유익했다.

각자 생각에 빠져 있는 사이, 사슴 고기가 익었다.

"먹는 게 남는 겁니다. 일단 먹으면서 천천히 생각해 보기로 하죠."

두 사람은 음식에 손을 대지 않고 생각에 빠져 있었다. 방해되지 않게 더 이상 권하지 않고 혼자 고기를 뜯었다.

"아버지가 지내던 곳에 가보면 흔적이 남아 있을 수도 있어."

"어딘데요?"

"황실의 별장. 남쪽에 위치해 있어."

"지금쯤 그랜트 황태자가 사람들을 그쪽으로 파견했을 가능성이 높습니다."

테린이 당연한 얘기를 했다.

예전이라면 피했을 것이다. 그러나 이젠 다르다. 피하고 자시고 할 시간도 없었다.

"그럼 밤에 그곳에 가기로 하죠."

"그곳에 간다고?"

"다른 방도가 있습니까, 테린 백작님?"

"우릴 생각해서 적어도 넷 이상 파견할 거야."

"그 정도라면 감당할 수 있습니다. 두 분이 한 명씩만 맡아주십시오. 나머진 제가 처리하죠."

"…영약이라도 먹은 거야?"

"영약은 있지만 이젠 그 영약에 주인이 있어서. 그저 많이 싸우다 보니 실력이 늘었다고만 생각해 주세요."

미헬라를 힐끔 보고 말하자 그녀의 눈썹이 다시 치켜 올라간다.

테린 백작만 무슨 말인지 몰라 고개를 갸웃거렸다.

"자! 다들 몸을 최적의 상태로 만드세요. 황녀님은 몸에서 술 좀 몰아내고요. 안 보는 사이에 알코올중독에라도 걸린 겁니까? 술 냄새가 폴폴 나네요."

활성화된 마나가 술기운을 몰아내자 동굴은 주향으로 가득

했다.

"…그 정도는 아니거든."

"자기 냄새는 못 맡는다더니. 아무튼 앞으로 네 시간 후에 출발할 테니 무리하려면 미리미리……"

쩡! 찌징!

두 개의 아이스 애로우가 실드에 막혔다.

"하하하! 두 번 당할 정도로 바보는 아닙니다. 그럼 전 감시 겸 입구 쪽에서 쉬도록 하겠습니다."

두 사람을 위해 자리를 비켜줬다.

*　　　　*　　　　*

"황녀님, 부탁드립니다."

텔레포트는 가본 적이 있는 곳으로만 이동이 가능해 이번 엔 미헬라에게 맡겼다.

"참! 가급적 멀리 부탁드려요."

"걱정 마. 호수 건너편으로 이동할 테니까. 간다."

미헬라가 일으킨 마나가 몸을 감쌌고 첩첩산중의 풍경이 탁 트인 호수로 바뀌었다.

"허~ 호수가 엄청 크군요?"

대충 1킬로미터 정도 떨어진 거리를 생각했는데 별장이라 는 곳이 오크 코딱지만 하게 보였다.

"혹시 호수 위에서 싸움이 붙으면 괜찮겠습니까, 테린 백작님?"

"물론. 자네랑 싸우고 난 뒤 물 위에서 싸우는 것도 제법 연구를 했지."

"그럼 호수를 가로질러 가겠습니다."

말이 끝남과 동시에 나와 미헬라는 날았고 테린 백작은 물을 박차며 뛰기 시작했다.

나나 뛰나 비슷한 속도였다.

별장이 제법 크게 보였을 때 우리의 마나를 감지한 8서클 마도사들이 움직였다.

"놈들이 움직입니다. 모두 다섯. 죽여도 됩니까?"

"…수도에 제약이 있다며. 저들이 없다면 그 속도 역시 빨라질 거야. 그냥 제압으로 해줘."

죽이는 것보다 제압이 더 어렵다. 하지만 타당한 얘기였기에 그대로 따르기로 했다.

"일단 제가 먼저 나섭니다. 두 분은 한 명씩만 빼주십시오."

점점 날아오는 마도사들.

"…가능하겠어?"

"지켜보시죠!"

다섯 명이 자세를 잡으려 했다. 5인용 진법인가?

'그럴 시간을 주는 건 바보지.'

어차피 영양가 없는 서로 '뚫겠다', '어림없다'처럼 진부한 대화를 주고받을 생각은 없었다.

상단전의 빛이 가장 흐릿한 마도사를 목표로 삼고 속도를 순간적으로 높였다.

"조심해, 놈이 온다!"

다섯 중 가장 강한 자가 소리쳤다. 그러나 난 이미 가장 왼편의 마도사에게 접근해 끼어들지 못하게 넷을 경계하며 수강이 깃든 주먹을 휘둘렀다.

"프로텍트!"

지잉! 콰앙! 쩌적!

생성되는 순간 주먹이 때렸고 밑에 있는 호수에 파문이 일만큼 큰 충격음이 터졌다.

"크윽!"

공격을 받은 마도사는 홀홀 날아 물수제비뜨듯이 몇 번 수면과 부딪힌 후 물속에 처박혔다.

이 일이 신호였다. 네 명의 마도사가 나에게 마법을 펼쳤고, 그 순간 미헬라와 테린이 각각 한 명에게 공격을 가했다.

"육 장로, 당신이 어떻게 나와 아버지를 배신할 수 있나요?"

"황녀 전하, 배신이라니요. 전 지금도 발칸 제국에 충성을 다하고 있습니다."

진부한 대화를 주고받으며 싸우는 두 사람.

"중력검!"

"레인 라이트닝!"

말보단 주먹이 우선이라는 듯 과묵하게 붙고 있었다.

차르르르륵!

이제는 나의 성명절기처럼 되어버린 12개의 검이 두 사람의 마법을 뚫으며 날아갔다.

처음에 당했던 마도사까지 3 대 1. 3인용 진법도 있는지 자세를 잡고 내 검들을 방어했다. 그런데 왠지 모르게 마음이 여유롭다.

"중력장!"

바싹 붙지만 않는다면 진법을 깨뜨릴 방법은 많다. 갑작스러운 중력장에 두 명이 걸려 아래쪽으로 떨어진다. 얼른 호수 바닥을 뾰족한 수십 개의 창으로 만들었다.

"웨이브!"

얼음 창에 꼬치가 되기 전에 호수에 거대한 파도가 생기며 얼음을 날려 버린다.

난 그들이 그러든지 말든지 한 명 남아 있는 마도사에게 마법과 검을 난사했다.

콰콰콰콰콰콰쾅!

한 명이 피를 토하며 날아가는 사이, 두 마도사가 새로운 공격을 했다. 한 명은 수빙 계열인지 거대한 물의 괴물을 만들었고, 다른 한 명은 붉게 생긴 구슬을 주변에 만들어 띄웠다.

펑!

"큭!"

호기심에 거품처럼 생긴 구슬을 수강을 두르고 만졌는데 퐁, 하고 터지며 수강과 상쇄되어 버렸다. 그리고 안에 있던 물질이 몸에 묻으며 불이 붙었다.

"쯧! 괴랄하긴 한데 마나 낭비가 너무 심하잖아."

호수의 물이 바닥에서 회오리처럼 올라와 내 몸을 감쌌고 그 순간 파도와 구슬들이 몸을 덮쳤다.

두두두두두두두.

물의 방어막을 무수히 두드리는 파도와 구슬.

그 사이 난 통로를 통해 밑으로 내려가 튕겨졌다. 다시 날아오고 있는 마도사에게 향하고 있었다.

퍼억!

"쿨럭!"

내가 당연히 물속에 있을 거라 생각하고 다가오던 마도사의 중단전에 불의의 일격을 먹일 수 있었다.

마도사는 검은 피를 토했다. 그리고 날아다니던 검 중 두 개가 그의 중단전과 하단전에 박혔다.

"커걱!"

"한 놈 잡고! 아이스!"

호수로 떨어지는 놈의 주변을 얼음으로 덮어 커다란 얼음 구슬처럼 만들었다.

얼음 덕분에 호수에 빠져죽진 않으리라.

으득!

"네놈이……!"

동료가 당하는 걸 본 두 사람의 상단전이 새하얗게 타올랐다.

주변의 마나가 들끓었다.

"물과 불을 가지고 논다면 나 역시 불과 물로 상대해 주지."

내 의지는 놈들의 발밑에 있는 호수의 물을 아주 뜨겁게 데웠다. 순간 안개와 같은 수증기가 일대를 덮으며 시야를 가렸다.

물론 시야 확보 없이 마나를 통해 서로의 위치쯤은 파악하고 있을 터. 두 사람의 무지막지한 공격이 수증기를 가르며 날아왔다.

"쉘! 쉘!"

이젠 이중 쉘도 가능하다.

쿠아앙! 푸아왁!

뜨거운 열기가 퍼지고 차가운 물이 그 위를 덮쳤다. 얼마나 위력이 강한지 첫 번째 쉘이 버티지 못하고 터져 나갔고 공중에 있던 내 몸이 낙엽처럼 이리저리 움직였다.

다행히 두 번째 쉘은 무사했다.

"이번엔 내 차례야. 막을 수 있으면 막아봐."

양쪽으로 손을 쫙 편 후, 서서히 가운데로 모았다.

"헉! 이게 뭐야! 움직일 수가 없어. 프로텍트!"

"이 수증기가 모두 놈의 무기야 화염으로 날려 버려!"

두 사람은 각자의 장기인 물과 불을 이용해 수증기를 없애

려 했지만 호수가 마르지 않는 이상 수증기는 무한했다.

생성된 수증기는 점점 두 사람을 조여 갔다. 프로텍트를 부수자 몸에 달라붙기 시작한 수증기는 물이 되었고 물은 금세 얼어붙었다.

"으윽! 이, 이게 무슨 수법……."

"말도 안 돼! 도대체 몇 서클이기에……."

두 마도사는 금세 거대한 얼음덩이가 되어버렸다. 그리고 두 개의 얼음덩어리를 향해 12개의 검이 날아가 꽂혔다.

파파파파파팍! 파파파파파팍!

각각 여섯 개의 검이 꽂은 두 얼음덩어리는 호수로 떨어졌다.

"헉헉! 효과는 좋은데 마나 소모가 장난이 아니네."

수증기 전부를 조종하는 건 쉬운 일이 아니었지만 결과가 좋으니 됐다.

'테린 백작은 슬슬 끝내가고 있고 미헬라 황녀는 좀 도와야겠군.'

내가 돕자 30초도 되지 않아 또 한 명의 마도사를 잡았고, 그때 테린 백작도 상대하던 마도사를 제압했다.

꽁꽁 언 다섯 명의 마도사를 데리고 별장으로 갔다. 몇몇 경비병과 기사가 있었지만 테린의 검에 단숨에 바닥을 기었다.

"별장을 샅샅이 뒤져봐야겠어."

"그 전에 이 얼음덩어리들부터 처리하죠. 조금 더 놨다간 아무리 신체 재구성을 이루었다곤 하지만 죽을 겁니다."

"마나 제어 팔찌가 없는데 어쩌지? 풀어주면 분명 다시 제 정신을 차릴 텐데."

"제가 방 한 곳에 마나 제어 마법진을 그리죠."

"알았어. 부탁해. 그동안 우린 흔적을 찾아보지."

적당한 방을 찾아 마나 제어 마법진을 그렸다.

"쓸데없는 짓을 하는 거 아닌지 모르겠네."

죽이자니 제약이 깨졌을 때의 상황이 그려지고, 내버려 두 자니 또다시 적이 되어 앞에 나타날 터였다.

"다음엔 무조건 죽인다."

두 번 귀찮음을 감수할 생각은 없었다.

얼음을 녹여주고 중단전과 하단전에 검을 뽑았다. 마지막으로 리커버리 마법을 펼쳐주곤 정신을 차리기 전에 꽁꽁 묶은 후 마법진을 활성화시켰다.

"쿨럭! 크윽."

"크으으~"

8서클부터는 자가 치료 능력이 거의 트롤 수준이다. 당장 죽을 것 같던 이들이 금세 깨어났다.

"우린 조용히 떠날 거야. 그 전까지 방해하면 그땐 정말 죽여 버릴 테니 알아서들 해."

문을 닫고 문에 스트렝스를 그린 다음, 작은 마나석을 하나 꽂았다.

놈들이 문을 뚫고 나오거나 구조대가 와서 문을 열어줄 때쯤이면 우린 이곳을 떠날 것이다.

황제가 머무는 곳답게 화려했지만 눈에 들어오지 않았다. 두 사람의 기척을 느끼고 이 층으로 올라갔다.

"뭐 좀 찾았어요?"

"전투가 있었다는 정도."

죽지 않았을까요, 라는 질문은 하지 않았다. 황제가 썼을 거라 생각되는 침대를 보는 미헬라의 표정은 가히 좋지 않았다.

대신 위로를 했다.

"머리 좋은 황태자라면 죽이진 않았을 겁니다."

"위로의 말이야?"

"그렇죠. 추측에 불과하니까."

"…더 설명해 봐. 위안이 되는지 안 되는지는 설명을 듣고 나서 판단을 할 테니까."

"황태자의 인간성을 믿으라고 한다면요?"

"그 자식은 쓰레기야!"

"그보다 확실한 답은 없겠군요. 아무튼 제약에 대해 말해주지 않은 것처럼 완전히 황제 자리를 넘겨주기 전까진 여러 가지 비밀에 대해 숨기고 있었을 가능성이 높습니다. 그 사실을 황태자 역시 알고요."

"비밀이 뭔데?"

"황태자가 모르는 걸 제가 알 거라고 생각하십니까?"

"제약에 대해선 알았잖아?"

"그건 뮤트 제국 황제에게 들은 거죠. 한데 황제 폐하는 마법을 얼마나 알고 있습니까?"

"일반인이야. 오빠에게 자신의 능력을 물려줬거든."

"쯧! 권력은 자식과도 나누지 않는 거라 했는데 너무 믿었나 보군요."

"지난 천 년간 이어온 전통이었으니까."

"천 년 만에 나타난 패륜아라. 어떤 의미에선 대단한 오빠를 뒀군요."

"이죽거리기 위해 묻는 게 아니라면 하고 싶은 말이나 얼른 해."

신경이 날카로운 것 같으니 이해해 줘야겠지?

"싸움의 흔적은 어디서부터 있었습니까?"

"아래층부터 청소를 했지만 핏자국과 흔적을 다 지우진 못했어."

"그럼 일반인인 황제 폐하는 뭘 생각했을까요? 나라면 이곳에 누군가 올 거라 생각하고 뭔가를 남겨두지 않았을까요?"

"…뭔가를 남겨두셨다?"

"저라면 그렇게 했을 것이다, 라는 얘기죠. 뭔지는 딸인 황녀님이 더 잘 알겠죠."

"뭘 남겼을까……?"

혼잣말처럼 중얼거리며 그녀는 생각에 빠졌다.

그녀를 내버려 두고 나 역시 단서가 될 만한 것을 찾기 위해 뒤졌다.

방은 너무 깨끗했다. 옆방으로 가봤지만 수행 기사가 쓰던 곳이었다는 것만 알아냈을 뿐이다.

"어떻게 지하 통로 하나도 없냐."

투덜댔지만 말도 안 되는 소리임을 스스로도 잘 알고 있다. 마도사급만 되어도 주변의 마나의 움직임을 파악하는데 지하 통로쯤이야 식은 스프 먹기다.

'일반인에 불과한 황제가 끌려가기 전에 할 수 있는 일이 무엇이 있을까? 분명 누군가가 찾아올 거라고 생각하고 남겼을 것 같은데.'

뮤트 제국의 황제를 보고 황제라는 자리가 만만한 곳이 아니라는 걸 느꼈기에 그럴 거라고 짐작하는 것이지 아닐 수도 있다.

아버지에게 제국을 물려받아 나이가 들 때까지 황제 노릇만 하던 철없는 양반일지도.

2층 방을 다 뒤졌다. 그러나 내 눈에만 그런 건지 결국 아무런 단서를 찾지 못했다. 결국 다시 두 사람이 있는 방으로 갔다.

"…아직도 저러고 있어요?"

미헬라는 생각 삼매경에 빠져 있고, 테린은 떨어진 의자에 앉아 그녀를 보고 있었다.

"뭔가 떠올리고 있는 것 같은데 워낙 오래전의 일이라 생각이 잘 안 나 봐. 다른 곳은 어때?"

"눈 씻고 봐도 제 눈에는 아무것도 안 보이네요."

"네가 못 찾으면 없는 걸 거야. 다른 방도가 없으니 일단 미헬라를 지켜보자."

고개를 끄덕이고 나도 한쪽 의자에 앉았다.

"늦게나마 축하드려요."

"응? …아~ 고마워. 근데 넌 어쩌냐?"

"뭐가요?"

"원래 황녀님은 너에게 관심이 있었어."

"위험한 일을 함께 겪었으니까요. 무서움과 떨림이 마치 사랑처럼 느껴진 거겠죠. 어차피 꿩 대신 닭이었어요."

"무슨 말이냐?"

"원래부터 테린 백작님께 관심이 있었다고요. 설마 갇혀 있었다고 마음이 바뀌었다고 생각하고 계셨어요?"

"그건 아니지만."

"그리고 저 기다리는 여자가 자그마치 셋이에요. 사람 여자 둘에 엘프 한 명."

"헉! 에, 엘프. …엘프는 어떠냐?"

마지막 말은 귓속말로 했다.

이 양반, 아직도 정신을 못 차리고 있네. 황녀랑 결혼하면 한 명으로 끝이야. 더 바라면 바로 교수형이라고, 이 양반아!

내가 한심하다는 표정을 지었을까. 그는 너스레를 떨며 변명을 했다.

"…순수한 궁금증이야, 하하!"

"황녀님은 그렇게 생각 안 하나 본데요."

미헬라 황녀가 갑자기 미간을 좁히며 눈썹을 팔(八)자로 만들었다. 그리고 갑자기 벌떡 일어나더니 뭔가를 중얼거렸다.

"죽여 버리겠다는 뜻 아닐까요?"

"그, 그럴지도… 헉! 무슨 짓을 하는 겁니까?"

테린이 놀랄 만했다. 그녀는 갑자기 단검을 빼내더니 자신의 손목을 그었다.

퓨슉! 솟구치는 피.

깜짝 놀라 달려가려는 테린을 붙잡았다.

"마법이에요."

뿜어져 나온 피는 바닥으로 떨어지지 않고 점점 붉은색 안개처럼 바뀌었다. 그리고 곧 살아 있는 듯 움직이며 꿈틀대다가 서서히 그녀의 몸으로 들어갔다.

팔목을 그은 후 눈을 감고 있던 그녀가 눈을 떴다.

"이쪽이에요."

그녀가 달려간 곳은 별장 정문에서 조금 떨어진 곳.

희미해진 핏자국이 보였다.

"이게 황제 폐하의 피입니까?"

"응. 예전에 아버지에게 서로가 같은 핏줄인지를 알게 해주는 마법을 배운 적이 있었어. 그걸 이용해 본 거야."

"혹시 밤이라도 찾을 수 있습니까?"

"응. 마나를 느끼는 것이라 상관없어."

"그럼 가시죠."

우리는 별장에서 나와 황제가 남겼을 거라 생각하는 핏자국을 따라 움직였다.

*　　　*　　　*

"…피가 떨어져 죽은 거 아닐까요?"

"그럼 이 근처에 묻혀 계시겠지."

당장 소 새끼, 말 새끼를 찾으며 욕을 퍼부어도 시원찮았을 텐데 미헬라의 어조는 담담했다.

그럴 만한 것이 피의 방향이 남쪽으로, 남쪽으로 향하더니 국경을 넘어 칸켈까지 온 것이다.

마도사가 있었으면 텔레포트로 이동을 했을 텐데, 라는 의문이 있었지만 황제에게서 황제에게로 옮겨가는 기생체의 경우 황녀에서 황녀로 옮겨가는 기생체와는 다르다는 얘기를 듣게 됐다.

황제의 기생체가 다음 기생체로 가도 몸에 기생체가 있었던 흔적이 남는데 그 흔적엔 두 가지 효능이 있다고 한다.

하나는 기억을 잃지 않는 것이고 다른 하나는 의지로 텔레포트가 되지 않게 할 수 있다는 것이다. 아무튼 그녀의 말대로 핏자국은 계속 있었고 덕분에 여기까지 왔다.

문제는 다음 핏자국이 없다는 것.

여기까지 오면서 그런 적이 없었던 건 아니었다. 보통 한두 시간 주변을 돌면 발견이 됐었다.

한데 오늘은 아니었다. 이곳을 중심으로 거의 반나절을 돌았는데 발견을 못 하고 있었다.

"농담인 거 아시죠?"

"알아. 근데 어떻게 했으면 좋겠니?"

"일단 좀 쉬죠. 그동안 하루도 제대로 못 쉬었잖아요. 막상 폐하를 발견해도 구하기도 전에 쓰러지겠어요."

"저도 아우스 말에 찬성입니다."

테린 역시 많이 피곤해 보였다. 나흘 내내 한숨도 자지 않고 쫓고 있는데 왜 안 그렇겠나.

"그렇게 해."

미헬라의 말이 떨어지자마자 등에 메고 있던 작은 가방에서 물건들을 꺼냈다.

"아공간 가방?"

"악몽의 숲에서 훔친 기술로 만들어봤어요."

"플린 왕국에서 만들었다는 냉장고, 네가 만든 거야?"

"그걸 단번에 알아내다니 황녀님 머리 좋으시네."

"아공간 마법진을 그렇게 작게 이용할 수 있는 곳은 대륙에서 플린 왕국밖에 없으니까."

"그런가요?"

발칸 시티에 침입한다고 구했던 물품들이 이렇게 쓰일 줄은 생각도 못 했다. 침낭, 모포, 조리 도구 따위를 마구 꺼냈다.

모두 꺼내놓고 말했다.

"아무튼 두 분 좀 씻으세요. 전 땔감 좀 구해 올게요."

"여기 땔감이 어디 있어? 텔레포트로 다녀오려고?"

여긴 사방을 둘러봐도 우측에 멀리 있는 산을 제외하곤 초원 지대였다.

"아뇨. 아까 오다 보니 땔감이 제법 있더라고요."

빠르게 몸을 날렸다. 그리고 초원에 여기저기 널려 있는 땔감(?)을 주웠다.

밤새 땔 만큼 줍자 미련 없이 일행이 있는 곳으로 갔다. 두 사람은 오붓하게 씻었는지 깔끔한 모습으로 기다리고 있었다.

"…그게 땔감이야?"

내 뒤를 따라오는 거대한 땔감 덩어리를 보고 놀란 미헬라가 물었다.

"네. 동물의 똥이죠. 빠짝 마른 것만 가져왔으니 냄새 걱정은 마세요."

미헬라는 끔찍하다는 표정을 지었지만 별다른 말은 하지 않았다.

"간만에 따뜻하게 먹죠."

마른 고기와 치즈를 이용해 스프를 만들었다.

야생동물들이라도 있으면 잡아서 거하게 먹을 텐데 이 넓은 초원에서는 야생동물도 보이지 않았다.

다행히 스프는 기분을 나아지게 할 만큼 맛있었고 배가 부를 만큼 충분했다.

"빨리 자고 빨리 일어나 다시 찾아보죠."

다들 피곤했는지 스프를 먹고 얼마 되지 않아 초원에 몸을 뉘었다.

"별 더럽게 많네."

쏟아질 듯 많은 별을 잠시 바라보다가 눈을 감았고 금세 잠에 빠졌다.

두두두두두!

멀리서 들리는 말발굽 소리에 잠에서 깼다. 하늘을 가득 메우고 있던 별들이 서서히 사라지고 있는 시간.

잠시 후 테린, 미헬라도 소리를 듣고 일어났다.

"무슨 소릴까?"

목이 잠긴 목소리로 미헬라가 의문을 표했다.

"제가 보고 오겠습니다."

잠이 이미 깨버렸다.

플라이트를 이용해 하늘 높이 올라가 소리가 나는 방향으로 향했다.

'마적에게 쫓기는 건가?'

몇 명의 사람이 앞에서 달리고 있고 그 뒤를 마적들을 뒤쫓고 있는 형세. 물론 마적을 뒤쫓는 성난 용병일 수도 있기에 섣불리 나서지 않았다.

난 앞에 달리는 사람들 중 제법 괜찮은 옷을 입고 있는 사내에게 귓속말을 했다.

[뒤에서 쫓고 있는 놈들은 대체 누굽니까?]

"어떤 멍청이가! 마적이잖아! 말할 시간에 조금이라도 빨리 달려 마흐트 근처까지는 가야 살 수 있다!"

이번엔 뒤에 쫓고 있는 무리 중 가장 강해 보이는 자에게 물었다.

[저놈들 잡으면 어떻게 할까요?]

그는 뒤를 돌아보며 으르렁거렸다.

"어떤 멍청한 새끼야? 너냐, 신입? 아님 너냐? 우리가 무슨 여염집 새색시라고 착각하는 놈이 있는 것 같은데 우리 마적이다. 위대한 마적이란 말이다! 일단 찜한 먹이는 절대 살려두지 않는다."

상황 파악이 된 이상 머뭇거릴 이유가 없었다.

초원의 풀들이 꿈틀거리며 살아났다. 그리고 마적들 휘감았다.

"윽! 이, 이게 뭐… 크윽!"

"푸, 풀이 살아 움직인다, 케켁!"

"으아아악! 악마 마루다! 살려……!"

주인 잃은 말들만 열심히 뛸 뿐 마적들은 풀들에 목이 졸려 죽거나 땅에 파묻혀 죽었다.

"헉! 누가 저렇게… 히익!"

도망가던 이들은 갑자기 앞쪽에서 나타난 나를 보고 화들짝 놀라며 말을 세웠다.

"위협을 가할 생각이 없으니 너무 놀라지 마십시오. 다만 한 가지 물어보고 싶은 게 있습니다."

"…저 마적들을 당신이 처리한 겁니까?"

"여기에 여러분을 제외하면 저밖에 없으니까요."

"고맙습니다. 자는데 갑자기 마적들이 들이닥치는 바람에… 한데 묻고자 하는 게 무엇입니까?"

"얼핏 듣기엔 '마하트'라는 도시가 이 근처에 있는 것 같은데 정확한 위치를 알 수 있을까 하고요."

"그야 어렵지 않습니다. 저기 산 뒤의 분지에 위치하고 있습니다."

"아! 그렇군요. 고맙습니다."

"은인께서 원한다면 제가 안내하겠습니다."

얘기를 하면서 어느 정도 안정을 찾았는지 목에 문신이 있는 중년 사내가 정중하게 말했다.

"괜찮습니다. 일행이 있어 같이 가볼까 합니다."

"그러시군요. 혹시 찾아오시면 바쿠럼을 찾아주십시오. 오늘의 은혜 잊지 않겠습니다."

"기회가 된다면 들르죠."

"참! 마하트에 현재의 복장으로 오면 곤란할 겁니다. 현재 발칸 제국과 전쟁 중이라 북쪽 왕국의 복장을 한 이들을 경계하고 있습니다."

이래서 간혹 착한 일을 하고 살아야 하나 보다.

"좋은 정보 고맙습니다. 말과 복장을 갖추고 움직여야겠군요."

마적들이 타고 다니던 말이 주변에 풀을 뜯고 있으니 문제없었다.

많으면 귀찮으니 세 마리의 말과 죽은 자들의 옷 중 괜찮아 보이는 옷을 세 벌 벗기고 나머지 주검들은 다 땅에 파묻었다.

내가 하는 양을 가만히 지켜보던 바쿠럼이 말했다.

"은인께선 말 세 마리만 가지고 갈 생각이십니까? 그렇다면 나머지는 저희가 챙겨도 되겠습니까?"

투철한 상인 정신인가.

"그러세요. 그럼 전 이만."

정보도 물건도 챙길 것은 다 챙겼기에 일행이 있는 곳으로 갔다.

"마적들을 털어 온 건가?"

"바로 아시네요?"

"칸켈은 마적들이 많은 곳이니까. 예전에 수련 삼아 발칸을 침범한 마적들을 소탕한 적이 있어."

테린의 말에 고개를 끄덕여 준 후, 산 너머에 도시가 있음을 말해줬다.

"아버지가 그곳에 있을 거라고 생각해?"

"아니겠죠. 다만 들르지 않았을까 생각합니다. 텔레포트로 이동할 줄 알았는데 못 했다면 그들이 과연 우리처럼 야영할 준비가 되었을까요?"

"아! 그러네."

"아우스 경은 정말 생각의 폭이 넓은 거 같아."

"칭찬은 다시 흔적을 찾거나 폐하를 찾은 다음에 하십시오. 그리고 발칸과 사이가 안 좋은 듯하니 절대 발칸 사람임을 밝히지 마세요."

"그야 당연하지. 근데 그 옷, 갈아입으라고 가져온 건 아니지?"

마적들이 입던 옷 중 좋은 것만 골라 왔지만 그들이 보기엔 걸레나 다름없었다.

"빨면 좀 낫겠죠."

걸레를 박박 문질러 빠니 깨끗한 걸레가 되었다.

미헬라는 인상을 쓰긴 했지만 빠는 모습을 본 후라 그런지 별다른 말없이 갈아입었다.

"테린 백작님의 검은 제가 잠시 보관하고 있겠습니다. 대신 마적이 쓰던 이 박도를 사용하십시오."

폭이 넓은 박도는 칸켈족들이 주로 쓰는 무기였다.

고수는 무기 탓을 하지 않는다더니 그는 몇 번 휘둘러 보더니 허리에 차고 있던 보석 박힌 검을 던져주었다.

"잃어버리지 말아주게. 황녀님께 충성을 맹세할 때 받은 검이네."

그러면서 애틋한 눈빛으로 미헬라를 바라보는 테린. 그런 테린을 사랑스럽게 바라보는 미헬라.

"…1시간이면 되겠어요?"

테린은 손가락 다섯 개를 쫙 폈다.

불이 붙었네, 붙었어. 이젠 농담을 해도 더 뻔뻔하게 나온다. 미헬라는 내 말은 아예 무시를 했다.

"아무리 급해도 그렇지 5분은 너무하네. 그냥 가죠. 어차피 도시에 가면 쉴 곳이 있을 테니 그곳에서 맘껏 즐기세요."

말에 오른 우린 우측의 산을 향해 말을 몰았다.

내 예상은 맞았다.

1시간 30분쯤 달려 산의 그림자가 그늘을 만든 곳에 들어섰을 때 미헬라는 피의 흔적을 찾아냈다.

비와 바람, 흙에 씻겨 눈에 보이지도 않는 걸 어떻게 찾는 건지 신기할 따름이다.

산의 어디쯤에 도시로 가는 입구가 있을까 싶었는데 걱정할 필요가 없었다.

도시의 순찰대가 방향을 정확히 일러줬다.

순찰대가 가르쳐 준 방향으로 가자 그의 말대로 제법 큰 초소가 있었다.

살이 드러난 곳이 온통 문신투성이인 병사인지, 기사인지 모를 남자가 말을 세우게 하더니 우리에게 물었다.

"무슨 일로 마하트에 왔소?"

"여기저기 떠도는 여행잔데 필요한 물건을 사러 왔습니다."

"전쟁 때문에 다들 신경이 곤두서 있으니 쓸데없는 말썽은 삼가도록 하쇼."

"저희 여행자가 무슨 힘이 있겠습니까, 그저 조용히 일을 마치고 떠나야죠."

"좋은 생각이오. 근데… 말 뒤에 있는 그건 뭐요?"

"여행 중 구한 원석이죠. 도시에서 팔 수 있을까 해서 가져왔는데 하나 드리죠."

내가 타고 있는 말이 두목이 타고 있던 말인지 보석 원석이 담긴 자루가 달려 있었다.

재수는 없어도 재물복 하난 타고난 것 같다.

가공되지 않은 엄지손가락만 한 루비를 남자에게 던져줬다.

"일 끝나고 동료분들과 술 한잔 기울일 돈은 될 겁니다."

"크음! 우리의 노고를 알아주니 고맙소. 조심히 올라가쇼. 길이 무척 험하오."

"수고들 하십시오."

초소를 지나자 마차 두 대가 좌우로 지날 수 있을 정도의 포장되지 않은 길이 산으로 나 있었다.

"이거 옆으로 삐끗만 해도 떨어져 죽겠군요."

우측으로는 급경사의 절벽이었고, 위로도 비슷했다. 깎아지는 듯한 절벽에 길을 뚫어놓은 형상이었다.

"그러게 말이야. 이런 걸 보면 참 인간의 힘이란 대단한 것 같아."

급하다고 해서 빨리 갈 수 있는 곳이 아니었다. 앞에 사람이 있거나 내려오는 사람이 있으면 한쪽으로 비켜서야 해서 꽤 더뎠다.

"이거 아무래도 앞에 무슨 일이 있나 본데. 완전히 서버렸군."

올라가던 사람들이 발길을 멈추고 서 있었다.

좌측으로 꺾여 있어 보이진 않았지만 짐수레가 어딘가 걸려 움직이지 못하고 있는 모양이었다.

"괜스레 나서지 마세요."

"걱정 마. 곳곳에 초병이 있다는 건 나도 아니까."

길 위의 절벽에 감시 초소가 일정한 거리마다 있었다.

길이 한참 동안 뚫리지 않자 사람들의 웅성거림이 커졌다. 결국 초소에 있던 한 명이 걸걸한 목소리로 소리쳤다.

"수레바퀴 좀 튼튼한 걸로 달라고 누차 얘기했구먼. 수선스러워서 어디 근무를 제대로 쓸 수가 없군. 거기, 거기 자리 좀 만들어봐. 야! 거기 모자 쓴 놈, 자리 좀 만들라고! 그래야 뛰어내리든가 할 거 아냐!"

그의 외침에 우리 앞쪽에 있던 사람들이 얼른 자리를 만들었다. 그리고 위에서 거대한 체구의 남자가 뛰어내렸다.

[덩치와 달리 날렵하군.]

테린이 덩치 큰 남자를 보곤 딜리버리를 사용했다.

[전 그보다 저 문양이 궁금하네요.]

상의를 벗고 있는 남자의 울퉁불퉁한 근육 위에 새겨진 문양은 마법진과는 또 달랐다.

'몸에서 일어난 마나가 문신을 따라 움직이며 마법을 발현하는 구조인가?'

여인의 몸을 감상하듯 남자의 몸에 새겨진 문양을 살폈지만 의도하는 바를 정확하게 알아내기엔 물리적 시간이 부족했다.

남자가 왼쪽으로 들어간 후 얼마 지나자 고래고래 고함치는 소리가 들렸다.

"두 번 다시 이따위 수레를 끌고 이곳으로 올라오면 그땐 절벽으로 던져 버릴 줄 알아!"

화를 낼만 했다. 어느새 해가 중천으로 올라가고 있는 것이 꽤 시간을 허비했다.

덩치가 나서준 덕분에 길이 뚫렸고 사람들은 다시 움직이기 시작했다.

좌측으로 돌아서자 덩치는 사람들의 등을 밀며 걸음을 재촉하게 만들었다.

문득 사내가 날 보더니 말했다.

"거기 매끈하게 생긴 청년, 난 남자한테 관심 없어. 계속 그런 눈으로 보면 1분도 안 돼서 산의 바닥을 보게 될 거야."

"…그렇게 느꼈다면 미안합니다. 단지 몸에 새겨진 문신이 멋져서 본 겁니다."

"칸켈의 전사라면 이 정도 문신을 있어야지. 마하트에 온 김에 몇 개 새기고 가라고."

"소개시켜 주시는 겁니까?"

"푸하하! 할 생각이 있나 보군. 서쪽 마을에 가면 움바울이 라는 늙은이가 있을 거야. 내가 소개했다고 하면 싸게 해줄 거야. 얼른얼른 움직여! 이제 곧 도시가 보일 테니 좀 더 힘을 내라고."

남자의 말처럼 좀 더 올라가자 내리막이 나왔고, 그때부터 분지에 중앙에 위치한 마하트가 보였다.

도시라는 이름이 붙은 마하트는 제국의 수도를 보고 지냈 던 나에겐 거대한 빈민가였다.

분지의 중심에 제법 그럴싸한 성이 있었지만 그보다는 십자 가로 나 있는 대로를 중심으로 동서남북에 있는 성이 더 커보 였다.

"도란스 삼국처럼 운영되는 곳인가?"

나 역시 비슷한 생각을 하고 있었기에 미헬라의 중얼거림에 고개를 끄덕였다.

"아무래도 그런 것 같은데요. 가만, 그럼 혹시 출구도 네 곳 이 아닐까요?"

"그럴 가능성이 높겠어. 저쪽 끝을 봐."

테린이 가리킨 곳은 분지의 출구인 양 뚫려 있는 곳이었다.

"확실히 그렇군요. 아무튼 수상한 무리가 들른 적이 있는지 없는지, 있다면 어디 쪽으로 갔는지를 알아보는 것이 좋겠군요."

"눈에 띄게 마법을 쓰진 못할 테니 족히 며칠은 돌아다녀야겠군."

"그냥 정보 길드를 찾는 게 빠르지 않겠어요?"

"제법 돈을 많이 지불해야 할 텐데 수중에 가진 게 거의 없어."

"금화라면 많으니 걱정 마세요. 마적들에게 얻은 원석과 보석도 제법 있고요."

조금 내려가자 대로가 시작되는 지점에서 좌우로 꼬질꼬질한 소년들이 사람들에게 들러붙었다 떨어졌다를 반복했다. 그러다 흥정이 끝나면 사람들을 데리고 어디론가 바삐 움직였다.

"호객 행위를 하는 건 어디든 마찬가지군요."

"먹고사는 건 어디든 비슷하지."

테린은 순찰대 대장으로 수도를 빨빨거리고 돌아다니느라 빈민가의 아이들의 실상을 잘 알았다.

미헬라 황녀는? 당연히 몰랐다.

"저기 저 아이가 아주 값싸고 좋은 여관이 있다는데 그리로 갈까?"

"아뇨. 그런 여관이라면 굳이 호객꾼을 쓸 이유가 없죠. 그냥 대로로 가다가 여관이 보이면 그곳에서 묵는 게 나을 겁니다."

"…그래?"

"그리 안타까운 눈으로 보지 마세요. 그럼 더 달라붙을 겁니다. 사람의 심리를 웬만한 어른들보다 더 정확하게 파악하는 녀석들입니다. 그리고 황제도 가난은 구제할 수 없다고 하잖습니까. 발칸에도 저런 아이가 많습니다."

"하긴 내 신세에 누군가를 동정하는 게 우습지."

신세 한탄에 가까운 말이었지만 그 덕에 들러붙는 아이들에게서 떼어내고 대로를 따라 올라갈 수 있었다.

"위에서 볼 땐 몰랐는데 이 대로, 대단하군."

"그러게요. 분지의 크기가 웬만한 자작령보다 크겠군요. 아! 저기 그럴싸한 여관이 있군요."

대로 옆 4층 건물의 입구에 '할룽 음식점&여관'이라는 간판이 붙어 있었다.

"어서 옵쇼! 마하트 10대 여관에 하나인 할룽입니다. 따뜻한 물, 질 좋은 음식, 편안한 침실이 있으니 고민하지 말고 들어오십시오."

계단 밑에 서 있던 점원이 멋들어지게 여관을 소개했다.

내가 나섰다.

"말을 보관해야겠는데 가능해?"

"물론이죠. 이 옆이 바로 마구간입니다."

건물과 건물 사이가 마구간인가 보다.

"건초와 깨끗하게 씻겨도 드리니 들어만 오십시오."

"플린 왕국 금화도 받나?"

"물론입니다."

"여기서 묵으시죠."

두 사람에게 들어가자고 말한 뒤, 말에서 내렸다.

안으로 들어가자 10대 여관이라는 이름이 거짓이 아닌지 제법 고급지게 꾸며놨다. 물론 수도 외성의 여관 수준이긴 했지만 말이다.

"좋은 방으로 두 개. 괜찮은 요리로 방에서 식사를 하고 싶군요."

"목욕은요?"

"필요 없습니다."

"방 하나에 50은, 요리는 양갈비와 할룽이라고 저희 음식점 만의 전통 요리가 있는데 3인분에 70은입니다."

장소를 생각한다면 불만은 없었다. 2금을 건네자 방으로 안내했다.

"두 분이 방 같이 쓰세요. 전 혼자 쓰겠습니다."

미헬라와 테린은 별다른 말없이 고개를 끄덕이곤 방으로 들어가 버렸다.

"훗! 이젠 놀리는 재미도 없네. 이봐, 점원 친구."

"예! 손님."

방을 안내해 준 점원을 불렀다.

"혹시 마하트에 대해 잘 알아?"

"물론이죠. 이곳 토박인뎁쇼."

"그럼 식사를 끝내고 잠깐 얘기를 하고 싶은데. 별다른 건 아니고 마하트에 대한 정보면 충분해. 좋은 정보라면 더 주지."

잔돈으로 받은 30은을 그에게 다 줬다.

"그럼 그때 오겠습니다. 음식은 10분 내로 올 겁니다, 헤헤헤!"

그는 헤픈 웃음을 지으며 나갔다.

점원이 말했던 대로 10분 뒤에 음식이 올라왔다.

몇몇 이상한 향신료 때문에 잠시 뜨악하기도 했지만 먹다 보니 꽤 괜찮았다.

잠시 후, 노크 소리와 함께 점원이 들어왔다.

"앉아."

"너무 길어지면 곤란합니다."

"그 곤란함도 값으로 쳐주지. 일단 마하트에 대해서 설명해 주게."

그는 잠시 생각하다가 자리에 앉았다. 그리고 마하트에 대해 설명했다.

질문과 답변이 30분간 이어졌고 난 그에게 금화 두 개를 건네줬다. 그는 일 끝나면 언제든지 물어봐도 된다고 말하곤 나갔다.

물론 더 물어볼 건 없었다.

점원에게 들은 마하트의 현 상황은 이랬다.

맨 처음 네 개의 커다란 부족이 안전을 도모하기 위해 모여 살면서 생겼는데 유목을 생활에 지친 이들이 하나둘씩 모여들면서 지금의 거대한 도시가 된 마하트.

부족장들이 동서남북 네 곳을 각각 다스리고 일을 결정할 땐 중앙의 성에 모여 의논을 하며 평화로웠던 이곳에 몇 년 전부터 불행이 닥쳤다.

다름 아닌 북쪽을 지배하는 족장이 칸켈을 하나로 만든 다루퉁과 손을 잡은 것이다.

그에 그때부터 마하트 전체를 지배하려는 북쪽과 밀어내려는 동서남 부족 간에 상당한 신경전이 벌어지고 있다.

척 보기엔 3 대 1이라 북쪽이 상대도 안 될 것 같은데 다루퉁이 전사들을 지원해 줌으로써 균형을 이루고 있다는 게 점원의 설명이었다.

'다루퉁이라……'

10년 전 갑자기 등장하여 비밀리에 칸켈족을 통일해 제국과 전쟁 중인 자. 흑탑과 연관이 있지 않을까 의심됐다.

하긴 흑탑과 연관 안 된 곳이 얼마나 될까 싶다.

일단은 황제를 찾는 것에 집중하기로 했다.

'북쪽을 뒤지라고 해야겠지?'

정황상 아무래도 황제를 데러간 일행이 머물렀던 곳은 북쪽 지역 같았다.

아직까지 머물고 있을 가능성도 배제할 순 없지만 한창 불안한 이곳 상황을 볼 땐 떠났을 가능성이 높을 것이다.

그렇다면 당연히 북쪽 입구로 나갔을 터.

결정을 했지만 일어나지 않고 침대에 누웠다.

테린과 미헬라가 들어간 방에 방어막이 생긴 걸 보니 낮거리라도 하는 걸까.

뚫을 수 있었지만 내버려 두고 눈을 감았다.

방어막이 사라지고 두 사람이 온 건 그로부터 2시간 후였다.

농담도 때를 봐가며 해야 하는 법. 붉게 상기된 미헬라의 얼굴은 농담을 하면 싸우자는 얘기나 다름없었다.

그래서 모른 척 점원이 얘기해 줬던 것에 생각했던 의견을 덧붙였다.

"네 말은 북쪽의 영역을 먼저 뒤져봐라?"

"정보 길드를 이용하면 오히려 놈들의 귀에 들어갈 가능성이 높습니다."

"마하트 도시의 운영 형태를 보면 그렇겠지. 알았어. 한 바퀴 돌아보자."

"전 따로 할 일이 있으니 두 분이서 도세요. 뮤트 제국의 귀족 정도로 행세하면서 느긋하게 다니세요."

금화와 보석의 일부를 건넸다.

"이번 일 꼭 갚을게."

"신경 쓰지 마세요. 저도 살맛 나는 인생 살아보려고 하는 일인데요. 전 별도로 알아볼 일이 있으니 따로 움직이겠습니다. 참! 해 떨어지면 가급적 이곳으로 돌아오세요."

"왜? 우리가 당하기라도 할까 봐?"

"아뇨. 그 반대죠."

미헬라는 제국에서도 손꼽히는 미인이다. 아무리 낡은 옷을 입었다고 해도 그 미모를 숨길 수가 없었다.

특히나 막 샤워를 하고 사랑받은 여인이라 그런지 얼굴에 꽃이 폈다.

"웬만하면 사고 치지 마세요. 칠 것 같으면 확실하게 처리하시고요. 며칠간은 머물러야 할지도 모르니까요."

둘이 날뛰면 이 도시는 그야말로 쑥대밭이 될 것이다. 막을 사람이 없다면 그땐 전멸이다.

그 정도로 막나가진 않겠지만 조용히 머물다 조용히 떠나는 게 상책이었다.

이른 점심을 먹었다고 했지만 벌써 두 시.

6시 30분에 여관에서 보기로 하고 헤어졌다.

내가 향한 곳은 서쪽 영역. 재미있게도 서쪽 영역의 성에서 서쪽 방향으로 서쪽 마을이 있었다.

그곳에 가기 전에 잠시 구수한 냄새를 풍기는 가게에 들렀다.

나무와 나무가 연결되어 하늘이 거의 보이지 않고 두 사람이 지나가면 어깨가 부딪힐 정도로 좁은 골목이 계속된다.

관광객이라면 절대 오지 않을 동네.

멍하면서도 탐욕스러운 눈길을 주는 이들이 여기저기 많았지만 덤벼드는 이들은 없었다.

당연했다. 귀찮음을 덜고자 강력한 살기를 줄기줄기 내뿜으며 걷고 있는데 누가 덤빌까. 하룻강아지들조차 접근하기도 전에 이미 꼬리를 말고 도망갔다.

동네 꼬맹이들은 예외였다. 내뿜는 살기에 노출되면 경기를 일으킬 수 있어 그들에겐 살기를 거뒀다.

그랬더니 하나둘씩 다가와 손을 내민다.

그래서 준비해 두었던 칸켈식 빵을 꺼냈다.

"자! 이건 너희들 줄 거야. 공짜로 주는 건 안 돼. 기브앤드테이크. 난 문신을 잘하는 양반을 찾고 있어. 제법 유명 양반이라니까 너희들 중 아는 녀석이 있을 거야, 그렇지?"

"저 알아요. 여기서 10분쯤 가면 있어요."

"넌 내가 따로 챙겨줄 테니 안내해 줄 수 있겠니?"

"예! 아버지가 거기서 일하시거든요."

"좋아. 그럼 5분 뒤에 가자. 어이~ 거기 쳐다보고 있는 사람들! 넉넉하게 있으니까 애들 거는 손대지 마라. 그랬다간 빵한 조각에 목숨 끊기게 될 거야."

살기에도 불구하고 꾸역꾸역 몰려드는 사람들이 있었다. 당장 몇 끼 굶은 사람에게 살기 따위가 뭔 대수일까.

아이들이 빵을 가지고 흩어지고 나자 흐느적거리며 나와 하나씩 가져갔다.

"우리 칸켈은 아이들은 건드리지 않는다."

자존심이었을까, 나이 든 노인이 빵을 집으며 한마디 했다.

피식 웃고 말았다.

말도 안 되는 소리라는 건 나도 알고 그도 알고 있었다.

빵이 사라지자 안내하겠다는 아이의 얼굴이 어두워졌다.

"걱정 말고 가자. 난 애들한테 사기는 안 쳐."

내 말에 꼬맹이가 방금 전 나처럼 피식 웃었다.

아마 나와 비슷한 생각을 한 모양이다.

"하하! 사람 보는 눈을 더 키워야겠다."

꼬맹이의 머리를 쓰다듬어 주고 걸음을 재촉했다.

십 분쯤 지나자 하늘이 보이는 작은 공터가 나타났고 거기에 제법 많은 사람이 줄을 서서 기다리고 있었다. 아이도 있었고 어른도 있었는데 하나같이 문신을 새긴 채였다.

"여기예요. 얼른 주세요. 아버지가 보기 전에……."

"두리엔, 이 녀석! 여기 오지 말랬는데 왜 왔어!"

"손님 모시고 왔어요!"

"누가 그런 쓸데없는 짓 하래? 위험한 사람일 수도 있다고 분명 말했을 텐데."

"이 형 착해요. 그렇죠, 형~"

수선스러워 봐야 좋은 것이 없었기에 두리엔에겐 빵 봉지를, 두리엔의 아빠에겐 10은짜리 동전을 하나 줬다.

"너, 그거 가지고 저쪽에서 먹고 있어. 아빠 퇴근할 때 같이 간다. 이건 뭐요?"

동네의 위험을 잘 아는지 두리엔을 붙잡은 아빠는 은화를 보고 물었다.

"심부름값이죠. 그나저나 안에 계신 문신사를 봤으면 하는데요."

"우리 아이 심부름값이라니 잘 받겠소만, 어르신을 보려면 기다려야 하오. 물론 여섯 시가 넘으면 내일 다시 와야겠지만."

"빨리 만날 수 없습니까? 시간이 돈인지라."

"어르신이 돈 때문에 이 일을 한다고 생각하지 마쇼. 또한 나한테 돈을 먹인다고 해도 마찬가지요. 돈 몇 푼에 직장을 잃긴 싫소."

돈을 준다고 해도 소용이 없다는 말이었다. 어쩔 수 없이 번호표를 받고 한쪽 구석의 그늘에 서야 했다.

더디게 한 칸씩 전진했다.

그러나 앞 사람의 팔과 다리 혹은 상체에 새겨진 문신을 보고 있으니 심심하지 않았다.

하단전에 원형의 문신만 새겨져 있는 꼬마, 하단전에 원형에 문신이 빼곡히 그려져 있고 옆으로 줄기를 쳐가듯 뻗어 있는 청년, 중단전까지 복잡하게 그려져 있는 사내까지.

사람마다 조금씩 다른 크기의 문신을 보자 문신을 어떤 식으로 하는지도 알 수 있었다.

'음, 내 몸에 있던 기생체와 닮았어. 피트는 여기서 힌트를 얻은 건가?'

아마 맞을 것 같았다.

칸켈족이 마법이 다른 나라에 비해 떨어짐에도 이민족의 침입을 받지 않고 살아갈 수 있었던 이유가 메리트가 없는 땅이라는 것 때문이기도 했지만 문신 마법을 새긴 전사들의 강인함도 한몫했다.

이런저런 생각을 하며 기다리는 사이, 차례가 되기도 전에 6시가 넘어버렸다.

"오늘은 끝났습니다. 줄 서 계신 분들은 번호표를 받아 내일 9시까지 오시면 됩니다. 10시가 넘어서 오면 무효가 되니 유의하십시오."

두리엔의 아빠가 말을 한 후 붉은색 번호표를 건네줬는데 투덜거리는 사람 없이 모두 받아서 뿔뿔이 흩어졌다.

'실력만큼이나 꽤 깐깐한 사람인가 보네.'

짜증은 났지만 마음을 감추고 다시 여관 있는 곳으로 걸음을 옮겼다.

그때 멀리서 쿠웅! 하는 소리와 함께 마나가 흔들리는 게 느껴졌다.

"아! 이 양반들 사고 치지 말라니까."

나는 소리가 난 쪽으로 몸을 날렸다.

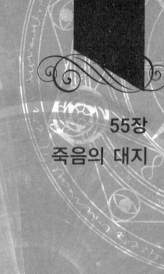

55장
죽음의 대지

아우스와 헤어진 테린과 미헬라는 북쪽 영역으로 이동했다.

"이 대로가 전투 불가 지역이라는데 정말 그럴까요?"

"토박이의 말이라니 정말 그렇지 않겠습니까?"

"재미있는 구조예요. 네 부족이 수백 년째 모여 산다는 것도, 지금까지 형태를 유지하고 있는 것도 보면요."

"이제 곧 깨지겠죠. 그게 아니라면 하나가 되거나."

"하나가 되면 이곳 사람들도 전쟁에 참여하겠죠? 그랜트는 도대체 왜 전쟁을 벌여서는……."

뛰어놀고 있는 아이들을 보는 미헬라의 눈은 많이 서글퍼 보였다.

"모두 잘 해결될 겁니다."

테린은 그녀의 어깨를 조심스레 감쌌다.

두 사람은 데이트를 즐기듯이 북쪽 영역에 들어섰다.

대로변으로는 상당히 크고 깨끗한 건물들이 서 있지만 조금만 더 들어가면 나무와 흙으로 만들어진 허름한 집이 대부분이었다.

"일단 성 근처에서부터 회오리처럼 돌면서 나오는 걸로 해요."

두 사람은 부족장이 머무는 성까지 나 있는 대로보다 작은 길을 따라 쭉 걸었다.

주변에서 보는 시선 따윈 신경 쓰지 않았다.

아우스라면 이길 수 없지만 8극천 12패왕 중 한 명이라면 두 사람이 충분히 상대할 수 있었다.

하지만 그건 둘만의 생각이었다.

주변에서 미헬라를 뚫어지게 쳐다보는 자들의 눈엔 눈이 돌아가게 예쁜 아가씨가 애인인지 기사인지를 대동하고 호랑이 아가리 속으로 들어오는 걸로 보였다.

길거리에 앉아 꾸벅꾸벅 졸던 사내 둘은 테린과 미헬라가 지나가자 눈을 번쩍 뜨고 속삭였다.

"어때 보여?"

작고 삐쩍 마른 사내가 앞뒤를 잘라 말했지만 통통한 사내는 금세 알아들었다.

"부족장님의 스무 번째 첩으로는 제격일 것 같아."

"스물세 번째."

"니미! 언제 또 그렇게 늘었대? 그 영감은 만날 오입만 하고 살아?"

"여자 갖다 바치는 돈 타먹는 놈들이 우리 말고도 한두 놈이어야지."

"갈수록 힘들어지네. 그나저나 저 정도면 평소보다 몇 배는 더 되겠지?"

"당연하지. 내 예상으로 다섯 배 정도 된다고 본다."

"적당한 가격이야. 만일 그 정도 안 주면!"

"안 주면?"

"어쩔 수 없지. 우리가 그 영감을 이길 방법도 없잖아. 일단 애들부터 모아. 다른 놈들도 움직일 테니까. 그놈들 이번 기회에 기도 죽일 겸 박박 모아."

"그러지. 따라가다가 이상 생기면 바로 신호 보내고."

"오케이!"

작고 마른 사내는 뒤쪽으로 사라졌고, 통통한 남자는 흐트러진 옷을 바로 하면서 두 사람의 뒤를 밟았다.

두 인신매매범의 말처럼 많은 인신매매 조직이 미헬라의 외모를 보고 작업에 돌입하고 있었다.

두 사람은 그것도 모른 채 성의 근처까지 다가갔다.

"그래도 방어막은 수도만큼 튼튼해 보이네요."

외관이 아니라 성벽 주위로 둘러진 문신 같은 마법진과 내부를 전혀 들여다볼 수 없다는 걸 두고 말한 것이다.

"최초의 마법진이 이곳 칸켈에서 만들어졌다는 얘기가 있지 않습니까."

"참! 그런 말을 들은 적 있어요. 그러고 보니 사람들 몸에 새겨진 문신과 성벽에 새겨진 문양이 마법진처럼 생기긴 했네요."

두 사람은 칸켈만이 가진 성의 모습에 잠시 관광객 모드가 되었다.

그렇게 멀리서 찬찬히 살핀 후 시계 반대 방향으로 돌 요량으로 골목으로 들어갔다.

"속도를 높여야겠습니다."

"그래야겠어요."

두 사람 다 많은 이가 그들의 뒤를 쫓고 있음을 알게 되었다.

처음엔 그냥 호기심인가 했는데 성벽을 구경하는 동안 다른 목적이 있다는 걸 알 수 있을 만큼 많은 이가 그들 주위로 모여들었다.

"훗! 역시 미헬라 님 미모에 벌레들이 꼬이는군요."

"왠지 칭찬 같으면서도 욕처럼 들리네요."

"걱정 마십시오. 벌레들이 달라붙으려 하면 제가 쫓아버리겠습니다."

"호호! 왠지 든든하네요."

"그나저나 황녀님께서도 성격이 많이 죽으셨군요. 예전이라면 마법부터 날리고 봤을 텐데."

"지금은 뒤처리해 줄 권력자인 아버지가 없잖아요. 내 남자는 힘은 넘치지만 돈이 없고요."

"이런! 이제부터 열심히 일해야겠습니다, 하하하!"

두 사람은 가벼운 농담을 하며 뛰는 속도를 높였다.

"야, 눈치챘어! 모두 쫓아!"

북쪽 영역에서 때아닌 추격전이 벌어졌다.

처음엔 당연히 인신매매 조직들이 뒤따라갈 수가 없었다. 그러나 조금 더 뒤쫓다 보니 그들이 길을 잃었는지 시계 반대 방향으로 점점 큰 원을 그리며 움직이고 있음을 알게 됐다.

처음 몇 명이야 칼질 몇 번에 나뒹굴게 할 수 있었지만 겹겹이 둘러싸이게 되자 멈춰 설 수밖에 없었다.

"쯧! 아우스 경이 사고치지 말라고 했는데. 그렇다고 연인에게 벌레들이 꼬이는 걸 볼 수는 없고."

테린의 중얼거림은 그저 듣지 못하는 아우스를 위한 변명이었을 뿐이다. 그의 검 끝으로 어느새 마나들이 모이고 있었다.

"나의 꽃 미헬라 님, 제 어깨 위로 올라와 주십시오. 그리고 기술을 쓰자마자 여관 마구간으로 이동해 주십시오. 중력검을 쓰고 나면 8서클 마도사도 텔레포트를 썼는지 모를 겁니다."

"테린 백작님의 그 닭살스러운 말투는 고질병인 것 같네요."

미헬라는 고개를 절레절레 흔들며 그의 어깨에 올라갔다. 그리고 텔레포트를 준비했다.

"반중력검!"

쿠웅!

거대한 울림과 함께 모였던 마나가 물방울이 퍼져 나가듯 주위로 뻗어나갔다.

콰직! 콰직!

퍼져 나가는 기파에 닿은 집들이 수수깡처럼 부서졌고 마나의 원은 인신매매 조직을 덮쳤다.

그리고 그 순간, 두 사람의 모습은 사라졌다.

*   *   *

'한 건하고 여관으로 갔나 보네.'

마나가 폭발한 곳에 도착하니 난리였다. 반경 30미터가 폭삭 주저앉았다.

몇몇 살아남은 자가 '미인'이니 '납치'니 횡설수설했다.

'이렇게 소란스럽게 할 거면 깔끔하게 처리하지, 쩝!'

시선만 없었다면 목을 날려 버렸을 텐데 폭발로 인해 쓰러진 사람이 너무 많았다. 거기에 팔과 목, 심지어 얼굴에까지 문신을 새긴 자들이 오고 있어서 일단은 물러나야 했다.

'문신으로 상단전까지 개방을 한 건가?'

고서를 마법사가 없다는 칸켈에 8서클 마도사가 나타났다는 얘기를 들었던 것이 기억났다.

발칸과 남쪽에서 열심히 치고받고 있는 이들인데 정말 한 명일까?

문신 마법의 특성상 한 명이 나왔다면 여러 명이 있을 가능성이 높았다. 깨달음 그딴 것보단 그냥 찍어내면 되지 않을까 하는 생각도 들었다.

물론 아직까지 대륙 정복을 하지 못한 걸 보면 어떤 제약이 있을 테지만.

여관으로 돌아오니 두 사람이 날 기다리고 있었다.

"황녀님에게 감히 불손한 의도를 내비쳤던 자들이다. 내가 용서할 수 없는 건 당연하지 않아?"

내가 무슨 말을 할까 봐 테린이 선수를 쳤다.

"잘하셨습니다."

"…한마디 할 줄 알았더니."

"정 원하시면. 근데 뒤처리가 미흡했습니다. 무슨 기술을 썼는지 모르지만 몇 명이 살았더군요."

"쩝! 죄 없는 사람들이 다칠까 좀 약하게 했더니."

"잔소리는 끝. 이만 여기서 나가죠. 귀찮은 인간이 몇 있는 것 같더군요."

"…칸켈도 저력이 상당한가 보네."

귀찮은 인간이 8서클 마도사급이라는 걸 테린은 금세 알아 챘다.

"발칸에 싸움을 걸고 아직까지 버티고 있잖습니까."

"하긴. 어디로 갈 거지? 아직 알아낸 것이 없는데."

"귀찮지만 다시 한 번 나갔다가 와야죠."

아예 막나가는 방법도 있었다.

나와 테린이 막는 동안 미헬라가 플라이트로 한 바퀴 쌩하며 돌면 가능했다.

다만 문신 마법에 대해 궁금했기에 그건 꼭 알아내고 가고 싶었다.

"그렇다고 놈들이 몰라볼까? 놈들이 알아보면 우리가 2남 1녀라는 걸 알 텐데. 무엇보다도 우리에겐 문신이 없잖아."

"걱정 마세요. 내일 아침이면 3남이 되어 있을 테니까요. 바로 이동하죠."

머뭇거릴 이유가 없었다. 우리는 마하트를 벗어나 제법 떨어진 곳으로 이동했다.

"웬만한 분장으론 힘들 텐데?"

"이런 식으로 하면 어때요?"

부득! 부드득!

얼굴이 제멋대로 움직이며 전혀 다른 사람으로 바뀌자 두 사람은 상당히 놀랐다.

"미헬라 님께 가르쳐 드리죠."

"얼굴이야 그렇다 치고 몸매는?"

"가슴… 을 없앴다든지 할 수는 없지만 어느 정도 가능해요."

"그럼 나는?"

"저랑 함께 헤나로 몸과 얼굴에 낙서 좀 하면 되죠."

헤나는 일주일 정도 지나면 사라지는 액체였다.

미헬라에게 역용술을 가르쳐 준 후, 텔레포트로 헤나를 구해와 온몸에 도배를 하듯이 문신을 했다.

이튿날 새벽, 몸 전체와 얼굴의 일부를 문신한 두 남자와 눈이 쭉 찢어지고 입술이 두꺼운 왜소한 남자가 다시 마하트로 가는 오르막길을 걷고 있었다.

가끔 어느 문신사가 한 마법 문신이냐고 묻는 이들이 있었지만 그들이 인상을 쓰자 찔끔하곤 가버렸다.

변장을 하고 나서 두 사람의 애정 행각을 보지 않아 좋았다.

아이들에게 이끌려 허름한 여관에 방을 잡았다.

방 안의 희미하게 비치는 거울을 보던 미헬라는 자신의 얼굴과 짧은 머리를 보며 인상을 쓰고는 물었다.

"이거, 이렇게 얼굴이 고정되는 건 아니지?"

"파혼당할까 겁나십니까? 설마 테린 백작이 미모만 보고 미헬라 님을 좋아했을 리가……."

테린의 모른 척 고개를 돌렸다.

"…있군요. 험! 얼굴 근육 속에 주입했던 마나만 풀면 되니까 걱정 마세요."

위로는 통하지 않았다. 아니, 듣고 있지 않다고 해야 하나. 미헬라는 안 그래도 쭉 찢어져 날카로운 눈을 더욱 날카롭게 만들며 테린을 노려봤다.

"얼굴을 따지지 않는다는 테린 백작님이 이럴 정도라면 오늘은 아무 일도… 흠! 여자든 남자든 마음을 봐야 한다고 개인적으로 생각합니다."

"…어째 그 말에 왜 더 열이 받지?"

자신의 성격이 나쁜 건 아나 보다.

"흠흠! 아무튼 오늘은 사고 치지 말고 꼭 확인하고 오십시오. 전 저대로 어제 못 한 일을 마무리하고 오겠습니다."

"무슨 일인데?"

"개인적인 일입니다."

내가 문신 마법에 집착하는 이유는 정확히 설명할 수 없다. 그저 마음이 끌린다고 할까.

9서클로 넘어가는 과정에서 필요한 부분일 수도 있고, 기생체와 연관이 있다는 생각에 호기심이 생겨서일 수 있었다.

여관을 나와 길에서 파는 음식을 간단히 먹고 문신사가 있는 곳으로 갔다.

아직 문을 열지도 않았는데 줄이 길게 서 있었다.

어차피 어제 받은 대기표가 있으니 적당한 곳에 자리를 잡고 앉았다.

기다리는 지루함을 달래기 위해서일까, 한 청년이 다가와 옆에 턱 하니 앉는다.

내 땅이 아니니 뭐라 할 수 없어 모른 척했는데 빤히 내 문신을 바라봤다.

"어느 문신사에게 시술을 받은 겁니까?"

"…왜요?"

"꽤나 유사하게 그려져 있긴 한데 그냥 문신 같아서요. 아님 새로운 시술법인가?"

답을 둘 중 하나로 정해주니 편했다.

"그냥 문신입니다."

"쯧쯧! 저런! 사기를 당했나 보군요. 어째 상단전 시술법이 나온 후부터 사기꾼이 더욱 활개를 치는군."

대답을 하지 않자 사기를 당했다고 단정을 지은 모양이다.

"그래도 운이 좋군요. 이곳 문신사님은 마하트에서 상당히 유명하죠."

"상단전 문신도 합니까?"

"상단전 문신을 하는 데 성 한 채의 값이 들어가는데 설마요. 다만 소문에 듣기론 가능하다는 얘기가 떠돌죠."

가능하다면 당장 입에 헤비 마법 문신이라도 새겨 버리고 싶을 만큼 청년의 입은 가벼웠다. 쓸데없는 말을 어찌나 하는지 머리가 지끈거렸다.

천만다행이게도 두리엔의 아빠가 졸린 눈을 비비며 나타났다.

"잠시 후 어제 기다렸던 이들부터 시술을 할 겁니다. 제게 붉은색 번호표를 받은 분들은 이쪽으로 서십시오. 그리고 오늘 온 분들에겐 하얀 번호표를 드릴 테니 너무 멀리 이동하지 말고 한쪽에서 기다리면 됩니다."

붉은색 번호표를 회수해 차례대로 서게 한 그는 기다리는 이들에게 흰색 번호표를 나눠줬다.

"들어가십시오."

드디어 시술이 시작되었는지 한 명이 들어갔다.

내 차례까진 앞으로 네 명.

시술은 꽤 빨리 이루어지는지 금세 내 차례가 왔다.

"어라? 어제 그분이네? 하룻밤 새 무슨 일이라도 있었습니까?"

"그럴 일이 있었죠."

"어르신께선 몸에 마구 문신을 한 사람을 무척 싫어합니다. 욕을 할지도 모르는데 정말 문신을 받고 싶으면 그냥 아무 말 없이 계십시오."

나름 정보라면 정보였기에 고맙다고 말한 후 안으로 들어갔다.

복도는 오직 한곳으로 향해 있었고 그 끝엔 미닫이문이 달려 있었다.

"실례합니다."

문을 밀고 들어가자 제법 큰 방이 나왔다. 그리고 그 방 맞은편엔 목까지 문신이 가득한 노인이 앉아 있었다.

"망할! 왜 몸에 낙서를 하고 지랄인지. 그럼 강해 보일까 봐? 니미, 놀고 있네."

노인은 두리엔 아빠의 말처럼 다짜고짜 욕부터 내뱉었다.

입이 꽤 거친 양반이다.

"가만! 문신이 아니라 혜난가? 풉! 일주일짜리 전사구먼. 쓸데없는 짓은. 이리 와 앉아."

아쉬운 사람은 나였기에 그의 말대로 놓여 있는 방석에 앉았다. 그러자 다짜고짜 묻는다.

"얼마어치 해줘? 1금 이하로는 안 해주니까 조용히 밖으로 나가고."

"1금이면 몇 분 정도 걸립니까?"

"대충 10분. 물론 니가 나한테 하는 말도 다 포함되니까 얼른 돈 내놓고 누워. 참고로 힘이라도 조금 늘어나려면 1시간은 족히 시술해야 해."

난 5금을 꺼내 그에게 밀며 말했다.

"잠깐 얘기나 했음 하는데."

"미친놈! 얘기는 두 배야. 그리고 열심히 일할 테니 문신 가르쳐 달라고 할 생각이면 꺼져!"

"돈을 드리면 가르쳐 줄 건가요?"

"허허허! 이 미친놈 보게나. 내가 얼마나 오랫동안 개고생하며 배운 기술인 줄 알아? 그걸 돈을 받고 가르쳐 달라고?"

"저야 어르신이 얼마나 개고생했는지 모르죠. 혹시 책 같은 건 없습니까?"

"기초적인 건 웬만한 곳에서 구할 수 있어. 하지만 비전이 적힌 책 따위가 시중에 풀렸을 리가 없지."

"시중엔 없지만 어르신은 가지고 있다는 것처럼 들리는데, 아닙니까?"

"흥! 있으면 내가 그걸 줄 것 같으냐?"

"배울 시간은 없고……. 그 고생 살 수 있다면 얼마면 됩니까?"

노인의 눈이 날카로워지고 입술 한쪽이 실룩였다.

"…가르쳐 주지 않는다고 말했는데도 어지간히 말귀를 못 알아듣는 아이구나. 그래, 얼마나 줄 테냐?"

"얼마를 원하십니까?"

"10만 금이라고 하면 어쩔 테냐."

"미친 늙은이!"

"이놈이……!"

"…이라고 할 겁니다. 1금에 10분이면, 100금이면 1,000분. 하루 12시간씩 쉬지 않고 일하면 대충 이틀 정도 걸리면 벌 수 있겠군요."

"그래. 십만 금도 2,000일이면 벌 수 있다."

"그 전에 죽을 것 같은데."

"이 빌어먹을 자식이! 오냐오냐 해줬더니, 당장 나가거라!"

나가라고 소리치면서도 힘을 쓰지 않는 걸 보면 팔 생각은 있는 모양이었다.

'뭔가 대의를 가지고 하는 일은 아니군.'

"꼭 끌어내야 나가겠느냐! 나가! 당장……."

"1년 치를 드리죠. 물론 물건이 어설프면 계약은 파기입니다."

"…돈도 없으면서 헛소리는."

난 한쪽 오른쪽에 있는 아공간 지갑에서 커다란 돈 보따리를 꺼내 바닥에 던졌다.

촤르륵!

금화가 바닥에 쫙 깔린다.

"플린 왕국의 금화요. 대략 2만 금쯤 될 거요."

"음……."

"지식을 뺏는 것도 아니고 그저 책 한 권에 이 정도면 충분하지 않습니까? 죽어서 가져갈 수 있다면 모를까, 그것도 아니잖습니까?"

"흥! 돈은 가지고 갈 수 있느냐?"

"인생 중 1년은 즐기고 갈 수 있지 않습니까?"

사실 몇 년 치는 족히 될 터였다.

"…그걸 다 주면 생각해 보마."

"그저 연구 좀 해볼까하고 사려고 했더니. 됐습니다. 다른 문신사를 찾아보죠."

금화가 살아 움직이듯 보따리 안으로 들어가 지갑 속으로 사라졌다.

"혹시나 돈 때문에 헛짓을 할 생각이면 안 하는 게 좋을 거요. 그땐 책을 공짜로 가지러 올 겁니다."

"자, 잠깐!"

나가려고 하자 붙잡는다.

이럴 줄 알았다. 무엇 때문인지 모르지만 돈을 본 후부터 눈이 욕심으로 번들거리고 있었다.

"거래할 마음이 생겼습니까?"

"오냐! 한 개도 빼지 말고 만 오천 개를 내놓아라."

촤르륵!

100개 높이의 금화 150개가 노인의 앞에 쌓였다.

"손대기 전에 책 먼저 잠깐 훑어본 후 허접하지 않으면 그때 가져가세요."

"흥, 빌어먹을 놈! 감히 내가 쓴 책을 허접하다고 말할 수 있을까. 여기 있다."

내가 금화를 모으고 쌓고 하는 기술을 정확히 판단했다면 정상적인 책을 줬을 것이다.

'내가 강자라는 걸 정확히 파악했군.'

페이지를 대충대충 넘겨 글을 읽어보니 정성을 들인 흔적이 보였다.

"만족스럽군요."

"클클클! 20년간 배우고 내가 알게 된 것들을 기록한 것이다. 뒤쪽엔 최근 떠올린 상단전 문신 마법에 대한 것까지 적혀 있어. 10년 전이라면 10만 금을 줘도 절대 안 팔 물건이야."

"그랬겠군요."

책의 가치는 상대적이다.

그에겐 살아온 삶의 기록이니 10만 금 이상의 가치로 볼 수 있겠지만 나에겐 그저 문신 마법을 알려주는 책에 불과했다.

그렇다고 군이 그런 얘기를 밝힐 필요는 없었기에 수긍했다.

"가증스럽긴. 예의상 하는 말이라는 걸 단번에 알겠다. 속 쓰리니까 이만 꺼져."

"방해가 안 된다면 한쪽에서 시술하는 모습도 보고 싶은데."

"시술 방법과 시술에 사용되는 약물의 제조 과정까지 다 적혀 있는데 뭘 봐. 정 보고 싶으면 100금을 내놓고 보거라."

난 100금을 추가로 주며 말했다.

"그 영감 참 돈 밝히네."

"돈을 밝혀서 네놈도 책을 얻은 거다. 그리고 내 시술을 보는 건 그만한 가치가 있다."

"그건 두고 볼 일이죠."

"흥! 시끄럽게 굴지 말고 구석에 잘 짱 박혀 있어."

구석에 앉아 책을 읽고 있는데 내 뒤에서 기다리고 있던 사람이 들어왔다.

"얼마어치 해줄까?"

"2금입니다."

사내가 2금을 내놓으며 윗옷을 벗고 누웠다.

노인은 눈을 좁히며 문신을 살피다가 말했다.

"현재 어정쩡한 단계로군. 감각도, 힘도, 마법도 2금어치로는 큰 효과는 보기 힘들어."

"알아서 해주십시오."

"알았다."

노인은 수십 개의 바늘을 묶은 도구를 들더니 옆에 있는 검은색 약물을 찍었다. 그리고 사정없이 사내의 몸을 쿡쿡 찍는다.

그러다 마지막 부근에서 바늘을 통해 마나가 유입되는 것이 보였다.

'활성화인가?'

아직 책을 읽지 않아 정확하게 뭘 하는 건지 몰랐지만 꽤 흥미로웠다.

"문신에 힘을 넣어보아라."

노인의 말에 누워 있던 사내는 하단전에 힘을 줬다.

그 순간, 하단전에서 마나가 생성되더니 문신을 따라 퍼져나갔다.

"잘됐다. 다음에 올 요량이면 5금쯤 준비해서 오거라. 그래야 제대로 효과를 볼 수 있을 거다."

노인의 말에 고개를 끄덕인 남자가 일어나 나가고 새로운 이가 들어왔다.

노인의 일은 얼핏 보기에 지극히 단순한 노동의 반복이었다. 그러나 마나를 느끼고 볼 수 있는 나에겐 생소하면서도 신체의 마나 움직임에 대해 많은 것을 생각하게 해주었다.

'마법진이 먼저인지 문신 마법이 먼저인지 모르지만 연관이 있는 건 분명해.'

9서클 마법에 대한 힌트가 될지 안 될지는 아직 모르겠다. 그러나 시간이 날 때 연구해 보면 얻는 것이 있을 것 같았다.

"언제까지 앉아 있을 생각이냐? 이제 점심시간이다."

"안 그래도 일어날 생각입니다."

"무슨 일 때문에 책을 샀는지 모르지만 좋은 결과가 있기를 바란다."

"영감님도 상단전 문신 마법 성공하길 바랍니다."

"빌어먹을 놈이 눈치는 빠르구나. 당연히 성공할 거다. 꺼져!"

"네네, 꺼지겠습니다. 수고하세요."

둘 다 원하는 것을 얻은 거래였기에 이별의 아쉬움 따위가 있을 리 없었다.

책을 아공간 가방에 넣고 여관으로 향했다.

테린과 미헬라는 이미 와 있었다. 두 사람의 기운에 기쁨이 서려 있는 것을 보니 흔적을 찾은 모양이다.

미헬라가 들뜸을 감추지 못하고 말했다.

"찾았어! 북쪽 출구 쪽에 흔적이 있었어."

"다행이군요."

"언제 출발할 거야?"

"저도 이곳에 더 이상 볼일이 없습니다. 얼마나 걸릴지 모르니 먹을 것만 챙겨서 떠나도록 하죠."

우리는 밖으로 나와 시장을 돌며 여러 가지 음식을 샀다. 그리고 북쪽 출구로 갔다.

떠나는 이가 많은지 출구를 향해 가는 길은 꽤 붐볐다.

북쪽의 출구는 자연 동굴이었다.

산을 일직선이 아닌 뚫린 대로 걷다 보니 상당히 길었지만 중간중간 횃불이 있어 동굴을 구경하며 나아갈 수 있었다.

"이 동네는 정말 평야밖에 없군요."

동굴을 벗어나자 끝이 안 보이는 평야가 나타났다. 어디로 가야 할지 미헬라를 보니 그녀는 피의 흔적을 찾은 듯 두 시 방향을 손으로 가리켰다.

한데 걷다 보니 지평선 끝에 다섯 명의 문신 가득한 인간들이 점점 가까워진다.

테린이 혀를 차며 말했다.

"쯧! 왠지 기다리고 있었던 것 같군."

"그러게요. 근데 왠지 황제 폐하가 어디로 움직였는지 아는 것 같은 분위기가 풍기네요."

"그럼 피할 수 없겠네."

어느새 역용에서 벗어난 미헬라가 중얼거렸다.

"테린 님과 미헬라 님이 맡아주시겠습니까?"

"넌 뭐 하려고?"

"구경 좀 하려고. 위험하다 싶으면 도와 드리죠."

"이제 친해졌다고 부려먹는 거냐?"

"물주가 움직이는 것도 우습지 않습니까?"

"듣고 보니 그렇군."

"대신 힘든 대화는 제가 하죠."

어떻게 할지 얘기하는 사이에 다섯 명이 다가왔다. 그중 박박 민 머리까지 문신을 한 자가 말했다.

"마하트의 북쪽 영역을 쑥대밭으로 만든 자들이군. 저 계집을 보니 인신매매하는 놈들이 왜 그랬는지 알 것 같아."

"보는 눈은 있군. 그나저나 황제 폐하는 어디로 갔나?"

"혹시나 했는데 역시 늙은이를 찾는 놈들이었군."

"혹시나 했는데 역시 알고 있군."

"킥! 꽤 입이 산 친구군. 잠시 후에도 그럴 수 있나 두고 보자. 그 입을 찢어주지!"

"내 입을 찢으려면 이 두 사람부터 이겨봐."

테린과 미헬라는 다섯을 향해 몸을 날렸고 난 뒷걸음을 치며 다섯 명의 움직임을 주시했다.

'7서클급이 3명, 8서클급이 둘이군.'

싸움을 시작하자 움직임과 반응 속도를 보고 그들의 실력을 가늠했다.

쾅! 콰콰콰콱! 쿠웅!

칸켈의 전사들은 검사에 가까운 마법사였다. 검술, 도술, 봉술이 주였고 마법은 보조를 하는 형식.

문신 마법이 하단전부터 시작해서 중단전, 상단전 순서대로 그려진다는 걸 생각하면 당연한 일인지 몰랐다.

다섯 명의 문신 마법 위로 흐르는 마나에 눈을 떼지 않고 바라보고 있는데 한 명의 7서클 전사가 내 쪽으로 빠르게 뛰어왔다.

"귀찮게 하지 마."

그를 향해 왼손을 가볍게 휘저었다.

전사는 갑자기 밀어닥치는 거대한 힘에 놀라 검을 휘둘렀지만 내 힘을 잘라내긴 불가능했다.

퍼억!

그는 왼쪽으로 날아가 바닥을 뒹굴더니 그대로 뻗었다.

"…놈도 8서클 마도사다! 일단 둘부터 잡는다."

사건 현장을 보고 대수롭지 않게 생각했을 것이다. 8서클 마도사가 둘이라고 생각했으면 절대 이 인원으로 오지 않았을 테니까.

테린은 여유가 있었고 미헬라는 밀리고 있었다.

미헬라의 수십 개의 마법이 두 전사에게 날아간다. 때를 같이해 7서클 전사에게 디스펠을 걸었다.

"헉!"

전사는 순간적으로 흩어지는 마나에 대경실색을 했다. 그리고 다시 끌어 올리려는 찰나, 마법이 들이닥쳤다.

퍼퍼퍼퍽!

전사는 곤죽이 되어 나가떨어졌다.

이제 균형이 맞춰졌다. 오래 가지는 못하겠지만 집중해서 볼 수 있었다.

1분이 되지 않아 테린의 검에 마지막 7서클 전사는 복부를 베이고 싸움에서 나가떨어졌다.

'문신 마법의 한계는 뚜렷하군.'

문신 대신에 극의를 깨달음으로 성장하는 검술과 마법이 더 강했다.

일반화를 시킬 수 있는지는 의문이지만 지금 싸우는 모습만으로 볼 땐 그랬다.

테린은 그들을 점점 몰아붙이고 있었고 미헬라는 싸움에 익숙해지자 차츰 평수를 이루었다.

"그깟 늙은이 한 명 때문에 8서클 마도사가 셋이나 올 줄이야. 물러난다."

"흥! 어림없다."

8서클의 두 칸켈의 전사는 싸우는 도중에 뒤로 물러났고, 테린과 미헬라는 절대 도망칠 수 없다고 쫓으려 했다.

그러나 문신 속에 텔레포트 마법이 숨어 있는지 두 전사는 빛에 휩싸이더니 그대로 사라졌다.

"이동 마법 하나만큼은 누구보다도 빠르군요."

"그러게. 저런 식으로 도망갈 수 있으면 상대하기 꽤 곤란하겠어. 쩝! 참! 이젠 내 검을 줘. 내 검이 있었다면 진즉에 끝낼 수 있었어."

테린은 꽤 아쉬운지 입맛을 다셨다.

"여기 있어요. 그래도 신문할 자들이 있으니 폐하가 어디에 있는지 알아보죠."

"신문은 내가 할게."

미헬라는 착해 보이는 눈을 무섭게 치켜뜨며 쓰러진 전사들에게 다가갔다.

미헬라는 물방울을 만들어 숨을 못 쉬게 만드는 단순한 방법으로 세 명의 칸켈 전사를 고문했다.

살을 태우고 저미는 따위의 눈살 찌푸려지는 고문이 아니었음에도 세 명 중 한 명은 1시간을 버티지 못하고 위치를 불었다.

단지 황제가 있을지 없을지, 정확히 '어디다!' 하는 정보가 아닌 대략적인 위치 정보.

1시간을 더 노력했지만 더 이상의 정보는 없었다.

"놈들의 정보가 맞을까요?"

잠시 쉬는 시간에 양고기를 뜯으며 물었다.

"틀린다 해도 더 이상 방법이 없잖아."

"하긴, 이미 땅에 묻혔으니……."

그녀는 정보를 알아낸 후 그들에게 고통 없는 죽음을 선사했다.

"자자! 움직이죠."

피를 추적하는 방법 이외에 대략적인 정보까지 생겼으니

머뭇거릴 시간이 없었다.

우리는 피를 추적할 수 있는 속도로 날거나 뛰며 칸켈의 전사가 말한 죽음의 대지로 향했다.

"죽음의 대지가 어떤 곳인지 들어본 적 있어?"

미헬라가 흔적이 끊어진 피를 찾느라 앞으로 날아간 사이 테린이 물었다.

"아뇨. 백작님은요?"

"나도 전혀. 한데 놈들이 그곳에 대해 얘기할 때 두려운 기색이 역력했다는 걸 생각해 보면 만만한 곳은 아닐 것 같아."

"아무리 험한 곳이라고 해도 마도사들이 무더기로 있지 않는 이상 문제될 것이 없을 겁니다."

"알아. 우리가 강하다는 거. 하지만 왠지 불안하네."

"…그렇습니까?"

이상하다.

테린이 불안해한다는 건 우리가 가는 곳에 그를 불안하게 만들 요소가 있다는 것이다.

난 전혀 느껴지지 않는 걸 보면 나에겐 큰 위험 요소가 없다는 얘기가 된다. 그러나 함께 움직이는데 테린은 불안하고 나는 불안하지 않다?

'내가 겁이 없어진 건가? 아님 그에게 위협이 될 존재가 있지만 그 존재가 나에게는 위협이 되지 않는다는 신호일까?'

좀 더 자세히 얘기해 볼까 하는데 미헬라가 날아왔다.

"10킬로미터 앞쪽에서 흔적을 발견했어. 그리고 그보다 조금 앞에 대규모의 사람들이 야영을 하고 있더라."

"어떤 자들인지 자세히 살펴보셨습니까?"

어둠이 그녀에게 방해가 되진 않았을 것이다.

"상단인 것 같아. 물건이 가득 실린 마차와 노예들이 보였어."

"그럼 그들과 합류해 죽음의 대지에 대해 알아보는 건 어떻습니까?"

"괜찮은 생각이야."

두 사람은 야영 중인 그들이 노예상이나 도적이라도 상관없다는 생각인지 별 고민 없이 고개를 끄덕였다.

"테린 님은 어쩔 수 없지만 미헬라 님과 저는 얼굴과 몸집을 바꾸죠."

"나도 바꿀 수 있어. 미헬라 님께 듣고 몇 번 테스트를 해보니 나도 되더라고."

"대단하군요. 잘됐네요."

확실히 테린도 보통 사람은 아니었다. 무술가임에도 하루 만에 마법적인 역용술을 가능하게 변화시킨 것이다.

"그저 약간 응용했을 뿐인데, 뭘. 애초에 생각해 낸 사람이 대단한 거지."

"서로간의 칭찬은 여기까지 하고 역용하죠."

뿌득! 뿌드득! 두둑!

동시에 세 명의 모습이 점점 바뀌어간다.

미헬라는 한 번 해봤다고 제법 잘생긴 미남자로, 테린은 부리부리한 눈에 턱이 유난히 각진 남자로, 나는 평범한 중년 남자로 변했다.

"흥! 내가 싫어하는 얼굴이네."

미헬라가 테린의 얼굴을 보곤 코웃음을 쳤다.

아침에 얼굴 때문에 상처받은 것을 복수하는 모양새다.

"…제 얼굴에서 조금 바꾼 겁니다만."

"자세히 보니 큰 차이가 없긴 하네."

좀 더 놔두면 또 사랑싸움을 할 기세다.

"제가 상인들과 얘기를 나눌 테니 두 분은 저에게 고용된 용병으로 하죠. 조금 있다가 반말을 하더라도 이해하세요."

"내가 해도 괜찮을 것 같은데?"

"나 역시……."

"나이와 생김의 품위로 보아 제가 제격입니다. 자자! 결정되었으면 움직이죠. 잠들기 전에 합류해야 하지 않겠습니까?"

두 사람을 무시하고 앞으로 뛰었고 두 사람은 투덜거리며 따라왔다.

[죽음의 대지에 잃어버린 아들을 찾으러 가는 아버지를 연기할 생각입니다. 이곳에 오는 중 마적을 만났고 우리 셋만 살아남은 걸로 하겠습니다.]

야영을 하고 있는 상단이 가까워졌을 때 딜리버리로 얘기를 했다. 그리고 잠시 후 근무를 서고 있던 상단 경호대원이 소리쳤다.

"누구냐! 거기 서라!"

난 손을 들며 말했다.

"수상한 사람이 아니오. 죽음의 대지로 향해 가고 있는데 실례가 되지 않는다면 잠시라도 쉴 수 있게 해주셨으면 합니다."

라이트 마법이 우리 머리 위에 떴다.

"죽음의 대지를 향하는 자가 셋뿐이다?"

"마하트 인근에서 마적을 만났소. 다행히 뒤에 있는 두 용병 덕에 겨우 몸만 탈출할 수 있었소이다. 돈은 조금 있으니 부디 자비를 베풀어주시오."

소란스러움에 경호대장으로 보이는 이가 나섰다. 큰 키에 탄탄한 근육질의 그는 목까지 문신을 하고 있었다.

"초원에서 어려운 자를 만나면 돕는 것이 칸켈의 법도겠지. 다만 무기는 대원들에게 넘겨야 하오."

"물론입니다!"

"그럼 무기 벗어놓고 들어오시오. 방금 식사를 하고 남은 것이 있으니 주겠소."

있으나 마나 한 무기는 던져놓고 여러 개의 모닥불 중 가장 중심에 있는 곳으로 갔다.

양의 젖을 이용해 만든 스프와 칸켈식 빵에 알 수 없는 고기를 넣은 게 다였지만 제법 맛있었다.

다만 양고기 스테이크를 먹은 지 얼마 되지 않아 억지로 배가 빵빵해질 때까지 허겁지겁 먹는 연기를 해야 했다.

"크억~ 잘 먹었습니다."

"원하면 더 먹어도 괜찮소, 허허허!"

고급스러운 옷을 입고 흰 수염을 멋들어지게 기른 노인이 사람 좋은 얼굴을 하고 말했다.

좀 전에 보았던 중년인과 날카로워 보이는 청년이 그의 옆에서 경호하듯 앉아 있는 것을 볼 때 그가 상단주인 것 같았다.

"아닙니다. 충분히 먹었습니다. 그나저나 이 은혜를 어떻게 갚아야 할지."

"한 끼 식사에 은혜랄 것까지야. 그나저나 얼핏 듣기론 죽음의 대지에 간다고 들었소만."

"…네. 뮤트 제국민으로 칸켈과 소규모 무역을 하는 상인인데 작년에 아들 녀석이 사라졌습니다. 어찌어찌 알아보니 죽음의 대지 쪽으로 갔다는 얘길 들었습니다. 그래서 무작정 사람을 구해 온 것입니다."

"이런, 쯧쯧쯧!"

"한데 어르신, 죽음의 대지가 어떤 곳입니까? 사실 무작정 안내를 받으며 달려왔지만 안내자들마저 두려워하더군요."

"사람이 살기 힘든 자연환경이라 죽음의 대지라 불리지만 무수한 사람이 목을 매는 곳이기도 하지요."

"…이해가 되지 않는군요."

"허허허! 그럴 거요. 하지만 상인이라니 다음 말을 들으면 이해할 거요. 그곳에선 무수한 광물 자원이 지천에 깔렸소. 마나석이 보이는 곳에 박혀 있고 쇳물로 된 우물이 여기저기에 있죠. 황 역시 흔하디흔하오."

"헉! 그, 그럴 수가! 하지만 쇳물이 녹아 있을 정도라면……."

"맞소. 사람이 접근하면 바로 발바닥이 땅과 붙어버릴 만큼 뜨거운 곳이오. 내뿜는 증기에 맞으면 바로 통구이가 되어버린다오."

"그, 그렇다면 내 아들은……."

난 말을 잊지 못하는 척하며 당장 울 것 같은 표정을 지었다.

"너무 걱정 마시오. 아무리 죽음의 대지라고 하나 며칠 만에 모두 죽어나가는 곳은 아니오. 그만큼 노동력이 중요한 곳이라 방비책 또한 많소이다."

상단주의 이번 말은 나에게 하는 것이 아닌 주변에서 귀를 기울이고 있는 노예들을 향해 한 말이었다.

그러나 노예들의 얼굴에 가득한 공포를 지우기엔 부족했다.

"혹시 가면 아들놈을 금방 찾을 수 있겠습니까?"

죽음의 대지 크기에 대해 알아보기 위해 물었다.

"힘들 거요. 내가 거래하는 크고 작은 광산만 하더라도 스무 곳이 넘소. 각 광산마다 특정한 장소를 차지하고 있는데 몇 명의 노예를 가지고 있는지 어떤 노예를 데리고 있는지는 광산주 말고는 모르오."

"…하아~"

절망의 한숨을 쉬었다.

"이상하지 않습니까? 그런 광산이라면 제국에까지 소문이 났을 텐데 왜 죽음의 대지에 대해선 아는 사람이 없는 겁니까? 그랬다면 좀 더 준비를 철저히 했을 텐데. 정말 찾을 방법이 없는 겁니까?"

"직접 보면 알게 될 거요. 출구가 오직 하나뿐이오. 일단 허락받지 못한 자가 들어가면 죽기 전엔 절대 나올 수 없는 곳이오. 찾을 수 있는 유일한 희망은 아들을 데리고 있는 광산주가 망해 입구 마을의 노예 장터에 나오거나 죽음의 대지를 관리하는 성주에게 도움을 청하는 수밖에 없다오."

"성주가 있습니까?"

"있긴 한데 절대 권하지 않소. 아마 그를 만나기도 전에 벌거벗겨져 노예 시장으로 팔려가게 될 거요."

아들을 찾는다고 해서 가엽게 여겼을까, 상단주는 묻는 말에 곧잘 대답해 줬다.

"내일 아침 움직이려면 이만 자야겠구려. 우리도 죽음의 대지로 가는 중이니 궁금한 것은 내일 말해 드리리다. 일꾼들과 함께 자면 될 거요."

"…감사합니다."

우리는 자리에서 물러나 상단 일꾼들이 모여 있는 모닥불로 갔다.

[어쩔 거야?]

미헬라가 마법으로 물었다. 그녀의 수법을 알아차릴 만한 실력자는 아무도 없었다.

[일단 좀 더 알아보는 게 낫지 않을까요? 테린 님이 불안하다고 했습니다.]

[그래? 그렇다면 꼼꼼히 알아보는 것도 좋겠지.]

대화를 끝내고 상단주에게 들었던 말을 곱씹어봤다.

'죽음의 대지라. 생각보다 더 많은 비밀이 있는 곳일 수도.'

여전히 불안하지는 않았다. 그러나 황제를 찾고 구하는 것이 쉬울 것 같진 않았다.

아이크논 상단은 새벽녘부터 출발 준비를 서둘렀다.

우리는 어제 신세 진 것을 갚는다는 핑계로 일을 도우며 죽음의 대지에 대한 다른 사실들도 들었다.

그중 마법 문신이 아닌 일반 문신을 한 나이 든 일꾼의 이야기에 제법 관심이 갔다.

"죽음의 대지는 전쟁의 신, 죽음의 신, 악마의 신이라 불리는 마루의 영역이네. 아라 님과의 싸움에서 패한 그가 마지막으로 이 땅에 저주를 남긴 곳이지."

"처음 듣는 신화군요."

"오래전부터 죽음의 대지 근처에 살아왔던 우리 부족에서 내려오던 전설이지. 쿨럭쿨럭! 그 빌어먹을 악마는 죽는 순간까지도 인간을 미워한 거야."

노인의 논리는 인간을 미워하고 괴롭히던 마루가 죽기 직전 각종 광물로 인간을 유혹하여 죽이기 위해 죽음의 대지를 만들어놨다는 것이었다.

예전에 칸켈의 신화에 대한 책을 읽은 적이 있어 꽤 흥미로웠다.

신화가 입맛에 맞게 만들어지고 변화하며 새로운 얘기를 만들어간다는 것을 모르는 바가 아니지만 흑탑의 존재를 생각한다면 꽤나 그럴싸하게 들렸기 때문이다.

일꾼들의 죽음의 대지에 대한 정보는 고만고만했다.

대부분 '그러하더라'라는 소문과 입구 마을에 대한 것뿐이었다.

그래서 상단주의 말을 따라 함께 걸으며 그에게 이것저것 물어봤다.

"마하트에서 우연히 들은 얘긴데 죽음의 대지에 상단전 문신 마법을 한 자들이 많다고 하던데 정말 그렇습니까? 문신 마법은 6서클이 한계라고 했는데 말입니다."

"허허! 모르고 있었나 보군."

제법 친해졌다고 생각했는지 그는 자연스레 반말을 사용했다.

"뭐를요?"

"칸켈의 소수 유목민과 부족을 통합한 칸켈국의 영웅이신 앙구트 황제 폐하가 죽음의 대지 출신이라는 걸. 상단전 문신 마법을 개발한 분도 그분일세."

"아! …그렇군요."

개나 소나 황제로 칭한다.

"하긴, 죽음의 대지에 대해서도 몰랐다면 앙구트 폐하에 대해선 모르는 게 당연하겠군."

"소규모라도 해도 무역을 했던 제가 칸켈에 대해 너무 모르고 있었군요."

"북쪽의 대륙들과는 동떨어진 곳이니까. 참! 혹시 마을에 앙구트 폐하에 대한 말이 나오면 절대적으로 존중하는 태도를 보이는 게 좋을 걸세."

"물론입니다. 근데 어째 점점 더워지는 것 같군요."

해가 중천에 솟아서 하는 말이 아니다. 초목은 점점 사라지고 불어오는 바람 속에 미약하지만 황 냄새가 섞여 있었다.

"그대는 꽤 민감하군. 이제 반나절만 부지런히 가면 죽음의 대지가 보일 걸세."

"그럼 저들도 죽음의 대지로 향해 가는 겁니까?"

제법 먼 곳에서 100여 명으로 이루어진 무리가 아이크논 상단과 같은 방향으로 가고 있었다.

"맞네. 죽음의 대지와 거래하는 상단 중 하나지."

"근처에 마적은 없습니까? 상단이 지나는 곳이니 당연 도적들이 있지 않겠습니까?"

"허허! 마적들이 없는 곳이 있을까. 하지만 그들도 죽음의 대지 영역엔 절대 들어오지 않는다네. 어제 우리가 머물던 곳이 바로 그 경계선이었네."

"그렇군요."

점심은 간단히 육포로 때우며 걷기를 반복했고 해가 지기 전 죽음의 대지 초입에 도착할 수 있었다.

인위적으로 만들어놓은 듯한 방벽처럼 솟은 절벽 사이로 마차 서너 대가 지날 수 있는 길이 나 있는 것이 다였다.

"저렇게 입구만 막아놓아 도망가기 쉽다고 생각하겠지만 운이 좋게 죽음의 대지를 가로질러 봐야 나오는 건 펄펄 끓는 바다다. 공을 세워 자유로워지길 바라야지 도망갈 생각은 하지 않는 게 좋을 게다."

아이크논 상단주는 노예들에게 경고하며 입구로 들어갔다.

입구 통과는 어렵지 않았다. 바리케이드와 문신이 가득한 칸켈의 전사들이 여럿 있었지만 들어오는 이들에 대해선 신경 쓰지 않았다.

30미터가량 되는, 호리병의 목처럼 생긴 길을 지나자 마을이 나타났다.

마을이라고 해서 작을 줄 알았는데 소규모 영지의 내, 외성을 합친 크기 정도는 되었다.

"저희는 이만 가보겠습니다. 도움 잊지 않겠습니다."

"허허허! 그러시게. 아들을 찾기 바라겠네."

아이크논 상단과 헤어진 우리가 그들과 반대편으로 조금

걷고 있을 때였다.

몇몇의 칸켈 전사가 우리를 향해 앞뒤에서 다가왔다.

"쯧! 기다리고 있었나 봅니다."

"그러게."

나와 테린은 마나를 끌어 올렸다. 그러나 그 순간 우리는 뭔가 잘못되었음을 알 수 있었다.

의지가 발하자 몸에서 마나가 움직였고, 그 순간 마나가 사라져 버렸다.

어어! 하며 몇 번을 재시도해 봤지만 마찬가지.

내부에서 돌리는 건 상관없지만 밖의 마나를 움직이려 하거나 몸 밖으로 표출하려는 순간 사라져 버렸다.

그사이 우리는 둘러싸였다.

어제 봤던 8서클의 마법 문신을 한 대머리 사내가 킬킬거리며 말했다.

"킬킬킬! 이곳에선 너희들의 마법은 불가능해. 즉, 이젠 마나를 지니고 있어도 조금 튼튼한 사람 그 이상도 이하도 아니라는 말이지. 자! 그럼 어제의 복수를 해보기로 할까. 두려워 마. 너희들은 훌륭한 실험 도구가 될 거야. 물론 거기 있는 여자는… 킬킬킬!"

그의 친절한(?) 설명에 우리는 눈빛을 교환했다.

[난 아무렇지 않아. 놈들이 방심하는 틈에 탈출하는 게 좋을 것 같아. 내가 마법을 펼치려 할 때 눈을 감고 그 다음 출

구로 뛰어.]

난 그녀의 딜리버리에 고개를 살짝 끄덕이는 걸로 대답을 대신했다.

"잡아라! 본부로 데리고……."

"헬 레이저!"

푸왁!

미헬라의 몸에 빛이 터지며 사방으로 마법의 빛이 퍼졌다.

"크아악!"

마나의 움직임을 감지하고 뒤로 몸을 날린 8서클 대머리를 제외하고 헬 레이저에 맞자 증발되듯 사라져 버렸다.

그 순간 우리는 몸을 날렸다. 아니, 생각으론 날아가려 했지만 조금 빨리 뛰는 정도였다.

'빌어먹을! 한 놈은 어디 갔나 했더니.'

나가는 곳에 또 한 놈의 8서클 칸켈 전사가 보였다. 그는 절대 탈출할 수 없다는 듯 비웃고 있었다.

"미헬라 님, 혼자라면 탈출할 수 있겠어요?"

"어쩌려고?"

"우리 둘을 달곤 절대 탈출할 수 없습니다."

"맞습니다. 미헬라 님은 피하십시오. 저흰 알아서 생존하겠습니다."

불행 중 다행인 것은 내부에서 마나를 움직이는 건 상관없다는 점이었다.

물론 역용술이나 다쳤을 때 치료용 정도로밖에 쓸 수 없겠지만 지금은 그것만으로도 충분했다.

테린도 그걸 느꼈는지 출구가 아닌 사람들이 북적이고 있는 광장 쪽으로 몸을 돌렸다.

"안 돼! 너희들이 없으면……."

"미헬라! …꼭 살아남을 테니 너도 부디 무사해."

죽기 직전에 반말이라도 해보고 싶었나?

위급한 상황에서 애틋하게 눈을 마주하고 있는 두 사람의 모습에 감동하고 있기에는 상황이 나빴다.

"둘 다 꼭 살아남아. 이건 명령이야. 헬 크로스!"

거대한 핏빛 십자가가 생기더니 방향을 바꿔 뛰어가는 나와 테린을 감싸며 빙글빙글 돌았다.

'이동 마법?!'

그녀가 이동 마법을 사용하고 있음을 눈치채곤 이동 후를 준비했다.

8서클 전사 중 한 명은 미헬라에게, 다른 한 명은 우리에게 달려들었지만 십자가가 폭발하는 게 먼저였다.

스팟!

이동했다.

낯선 지붕 위. 순간적인 판단력으로 이동시킨 것치곤 꽤 좋은 곳이다.

슥! 훑어 사면을 살핀 뒤 아무도 없는 좁은 골목으로 뛰어내렸다.

쿵!

"아흑! 젠장. 지금은 평범한데."

다리가 부러질 뻔했다. 투덜대면서도 얼른 새로운 얼굴과 몸집으로 바꿨다.

20대 초반의 초췌해 보이는 청년으로 변한 나는 그대로 흙바닥을 몇 바퀴 구르고 옷을 찢었다.

무의식중으로 마법을 사용하다가 아까운 마나가 사라졌지만 이 상황에 익숙해지는 건 나중의 일이다.

나름 변장을 마친 나는 터덜거리는 걸음으로 골목을 빠져나왔다. 그리고 사람이 북적이는 큰길로 나왔다.

'놈들이다!'

내가 이동되었던 곳으로 빠르게 움직이고 있는 전사들이 보였다.

난 어둠과 복잡함을 이용해 그들의 눈길을 피했다. 그리고 이리저리 엇갈리는 사람들 틈으로 들어가 대충 아무 행렬이나 따라 걸어갔다.

"바닥을 보고 걷지 말고 앞 사람들을 보고 걸어라! 네놈들이 얼마나 운이 좋은 놈들인지 주인님을 보고 나면 알 것이다. 혹시라도 떨어지면 내가 용서를 하지 않을 테니 첫날부터 죽도록 맞기 싫으면 앞의 작업반장을 잘 따라가도록."

이 무슨 개 같은 경우란 말인가.

예전 아우스의 몸을 차지하고 광산에 끌려가던 그날이 생각났다.

"어라? 하나, 둘, 셋… 열, 열하나? 왜 열한 명이야? 왜 한 놈이 많아?"

한참을 걸어 황 냄새가 심해지고 뜨거운 열기에 땀이 절로 나려는 곳에 이르렀을 때, 뒤에서 따라오던 사내가 소리쳤다.

앞서 걷던 작업반장도 걸음을 멈추고 인원을 셌다.

"어? 진짜군요. 멍청한 놈이 목적지를 잃고 쫓아왔나 본데요."

"도대체 어떤 멍청한 놈이야! 베룽! 얼른 확인해 봐. 괜스레 오해받으면 좋을 것 없다."

작업반장 베룽은 노예들의 팔목을 확인하며 다가왔다. 그러다 내 팔목을 살펴보더니 인상을 찌푸렸다.

"넌 어느 광산 소속이냐?"

"그, 글쎄요."

띨하게 보이려 말을 더듬거렸다.

"다다룽 님, 이놈인데요. 팔에 새긴 노예 표식이 없습니다."

"어디 광산 소속인가? 돌려줘야지, 아님 나중에 골치 아파진다."

"잠시만요."

베룽은 나의 어깨, 발목, 장딴지, 뒷목 등을 꼼꼼히 살폈다.

"아무 데도 표식이 없습니다."

"그래? 야, 거기! 너 뭐 하는 놈이야?"

"그, 그냥… 잘못 따라온 것 같습니다. 죄송합니다. 그만 가 보겠습니다."

"허~ 이놈 봐라. 너 어디에서 살고 있는지 정확하게 말해봐."

"저기… 예요."

"저기 어디? A지구? B지구?"

"네네. B지구에 삽니다. 심부름 왔다가……."

"이곳 삶의 마을에 그런 곳은 없는데?"

헐~ 이런 망할 자식을 다 봤나? 아주 나를 가지고 노는구나.

"하하! 제, 제가 착각을……."

"됐고. 우리를 따라갈래? 아님 가장 험한 곳에서 일한다는 영주님의 광산으로 갈래?"

아무래도 된통 걸린 것 같다.

불과 30분 전만 하더라도 손가락도 움직이지 않고 없앨 수 있는 놈들인데 지금은 맞지 않기 위해 허리를 굽혀야 했다.

누차 얘기하지만 난 무작정 다구리를 당하는 건 정말 싫어한다. 무엇보다도 일단 이곳의 분위기를 파악하는 게 우선이었다.

"따라가겠습니다."

"허! 이놈 태세 전환 보소. 어리바리하던 것도 연기였네. 맞지?"

"그럴 리가 있겠습니까? 그저 어리둥절해서."

"아무튼 공짜로 찾아와 줘서 고맙다. 베룽, 놈에게 표식을 찍도록."

"예, 알겠습니다. 팔 걷어."

그는 둥근 도장을 꺼냈고 도장은 마나를 주입했는지 곧 시뻘겋게 달아올랐다.

치익!

따끔한 느낌과 함께 내 살이 타는 냄새가 코로 들어왔다.

'빌어먹을! 노예 표식을 또다시 찍는 날이 오게 될 줄이야.'

기분이 더러웠지만 살짝 인상을 쓰는 것 말고는 어쩔 수 없었다.

"참을성이 있군. 이놈 일 좀 하겠는데."

별로 달갑지 않은 칭찬과 부담스러운 눈빛이다.

공짜로 한 명의 노예를 얻어서인지 좋은 분위기 속에서 행렬은 다시 움직였다. 그리고 입구 마을인 삶의 마을과 죽음의 대지의 경계인 지점에 이르렀다.

해가 져서 마을은 점점 어두워지는데 이곳은 대낮처럼 밝았다.

"큭!"

뜨거운 열기와 숨을 쉬는 순간 폐가 망가져 버릴 것 같은 지독한 냄새에 절로 신음 소리가 터졌다.

다른 노예들도 마찬가지. 아예 걸음을 멈춘 채 끝없이 펼쳐진 죽음의 대지를 바라보고 있었다.

"지금부터 죽기 싫으면 내 말을 한 치의 오차도 없이 들을 수 있도록 한다. 알겠나?"

"…네."

"예! 썰!"

나를 제외하곤 모두가 잔뜩 주눅이 들어 대답했다. 이런 상황에서 두 사람이 할 일은 너무나도 명명백백했다.

"쯧! 한 명 빼곤 다들 정신을 못 차렸군. 이곳을 건너다가 적어도 절반은 나가 뒤지겠어."

다다룽의 말에 베룽의 눈빛이 날카로워졌다.

아니나 다를까, 그의 손에는 어느 샌가 검붉은 목봉이 들려 있었다. 그리고 사정없이 노예들을 두들겨 팼다.

픽! 픽! 픽!

"악! 큭! 으악!"

"이 새끼들이 아직도 상황 파악이 안 돼? 네놈들은 노예야. 내 목표는 너희들이 최대한 오래 살면서 많은 일을 하게 하는 거고. 근데 지금 바로 뒤져 버리고 싶다는 생각을 가지고 있음 어쩌자는 거지? 응? 응!"

유일하게 맞지 않고 있는 나는 베룽이 얼마나 사람을 많이 때려봤는지 알 수 있었다.

마구 때리는 듯 보여도 부러지거나 죽을 수 있는 곳은 건드리지 않고 오로지 고통을 느낄 수 있는 부분만 집중적으로 때리고 있었다.

긴장하라는 의미의 폭력이라는 걸 알기에 별다른 감흥은

없었다.

끝이 보이지 않는 모래사장처럼 길게 뻗어 있는 죽음의 대지 경계 지점엔 이미 수십 팀이 넘게 도착해 베룽과 비슷한 일을 하고 있었다.

아마 모두가 똑바로 대답을 했다고 해도 이런 과정은 무조건 거쳤을 것이다.

여기저기서 들리는 매질하는 소리와 비명 소리가 시끄럽게 느껴질 때쯤 베룽의 몽둥이가 멈췄다.

"잘 들어. 두 번 말하지 않는다. 지금부터 나눠주는 옷과 신발을 10분 내에 신는다. 다 입고 내가 걷는 곳을 그대로 따라올 수 있도록. 혹시나 이상한 짓 하다가 우리가 힘쓰는 일이 생긴다면 그땐 매질로만 끝나지 않을 테니 알아서 해라."

베룽은 등에 지고 있던 큰 배낭에서 펑퍼짐한 옷과 신발, 복면을 꺼냈다.

"다다룽 님, 한 벌이 부족한데 어찌합니까?"

"내가 그냥 갈 테니 저놈에게 줘라."

그가 말하는 '저놈'은 나였다.

난 나에게 주어진 옷을 입었다. 사실 너무 커서 걸친다는 표현이 맞을 것이다.

목, 허리, 발목에 달린 천도 아니고 금속도 아닌 끈이 달려 있는 것을 보니 대충 견적이 나왔다.

조그마한 틈도 용납하지 않겠다는 듯 베룽이 하는 양을 보고 쪼여 맸다.

"여기 이놈처럼 빈틈없이 쪼여라. 걷는 데 거추장스러우면 그것이 결국 네 목숨을 앗아갈 것이다."

또 한 번 몽둥이가 춤을 췄고 잠시 후 모두 누가누군지 모를 만큼 완전무장을 했다.

"따라오너라."

난 베룽의 뒤를 따랐다.

아무래도 이럴 때 앞이 좋았다. 복면에 달린 뿌연 유리알이 성가시긴 했지만 눈을 감아도 볼 수 있어서 걱정은 없었다.

죽음의 대지에 촘촘히 놓인 돌 판에 발을 올렸다.

아까 노예 표식을 새길 때만큼의 뜨거움이 느껴졌다.

'미친! 입으나마나 한 거 아냐?'

투덜거림을 뱉는 실수는 하지 않았다.

땀이 나면 바로 증발해 버릴 것 같은 열기. 그러나 나는 다른 사람보다 운이 좋았다.

마나가 자동으로 움직여 열기를 이겨내고 있었다.

'이렇게 움직이는 건 없어지지 않나 보군.'

불행 중 다행이었다.

마나의 효능은 그뿐만이 아니었다. 조금 지나자 마치 풀숲에 산책을 나온 것처럼 편안해졌다. 지독한 냄새가 문제긴 했지만 그마저도 독하다는 느낌이 없으니 그냥 퇴비가 있는 곳을 지나고 있다는 느낌이다.

물론 그렇다고 시뻘건 불이 혀를 날름거리는 곳을 밟을 마음은 없었다.

"으악! 부, 불이 붙는다. 으아악! 사, 살려줘!"

잘 가고 있는데 30미터쯤 떨어진 곳을 걷던 다른 광산의 노예가 발을 헛디뎌 길(?) 옆으로 쓰러졌다. 그리고 잠깐 머뭇거리는 사이 우리와 비슷한 옷을 입었음에도 옷 내부에서 불이 일어나 버렸다.

그는 비명을 지르며 우리 쪽으로 뛰어왔다.

열기에 겉옷도 버티지 못하는지 신발부터 서서히 불이 붙었다.

노예들은 그 모습에 얼어붙은 듯 멍하니 그 광경을 바라볼 뿐이었다.

"사, 살려……."

입에서 불이 나오는 모습은 끔찍했지만 8서클이 마도사라고 해도 살리기가 불가능한 상태였다.

퍽!

난 우리 쪽으로 다가오는 남자를 그대로 차버렸다. 쓰러진 그는 살기 위해 다시 움직이려고 했다. 그러나 꿈틀거림도 잠시, 불덩이가 되어 타올랐다.

"…크흠! 잘했다. 괜스레 도와주려 했다간 너희들이 죽었을 것이다. 뭣들 하나! 여기서 밤샐 생각이냐! 몇 시간만 더 지나면 네놈들도 저 꼴이 될 것이다."

죽은 자는 산 사람들의 좋은 본보기가 되었다. 이후로 베룽이 속도를 높였음에도 노예들은 잔뜩 긴장을 한 채 부지런히 따라왔다.

두 시간쯤 걷다가 중간의 휴식지에서 물을 보충하고 잠시 쉰 후에 다시 세 시간을 더 걸어갔다.

"다 왔다. 이제 언덕만 올라가면 된다. 마지막까지 긴장을 늦추지 마라. 언덕 옆으로 떨어지면 1초도 안 돼 한 줌의 먼지가 될 것이다."

용암 위에 떠 있는 듯한 섬처럼 생긴 곳이었다.

"다리를 보내라!"

섬에 가까워지자 다다룽이 외쳤다. 그러자 건너편 구덩이에서 두 명의 사내가 나타나 작은 구멍이 숭숭 뚫린 철판을 보냈다.

"기껏 여기까지 와서 용암의 먹이가 되지 말고 최대한 빨리 건너라."

베룽의 말이 아니더라도 걸음은 빨라질 수밖에 없었다. 두 사람이 간신히 지나갈 수 있는 다리 아래엔 샛노란 용암이 혀를 날름거렸다.

다리를 지나 언덕으로 향하자 비로소 열기가 확 줄었다. 그리고 언덕에 올라가자 100여 명 정도가 머물 수 있는 마을이 나왔다.

베룽은 무사히 도착했다는 안도감 때문이었을까. 우리를

돌아보고 큰 소리로 외쳤다.

"크하하하! 마루의 제단에 온 걸 환영한다!"

이름부터가 재수가 없는 곳이었다.

『아우스:마도 시대의 시작』9권에 계속…

초대형 24시 만화방

신간 100%, 샤워실, 흡연실, 수면실(침대석), 커플석, 세탁기 완비

■ 광명 광명사거리역점 ■

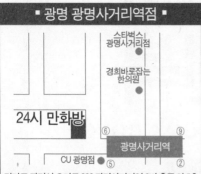

경기도 광명시 오리로 986 광명사거리역 6번 출구 앞 5층
02) 2625-9940 (솔목타워 5층)

■ 강북 노원역점 ■

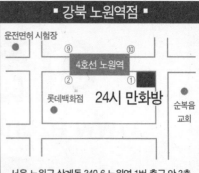

서울 노원구 상계동 340-6 노원역 1번 출구 앞 3층
02) 951-8324 (화용빌딩 3층)

■ 일산 정발산역점 ■

라페스타 E동 건너편 먹자골목 내 객잔건물 5층
031) 914-1957

■ 일산 화정역점 ■

경기도 고양시 덕양구 화정동 984번지 서일빌딩 7층
031) 979-4874 (서일사우나 건물 7층)

■ 부천 역곡역점 ■

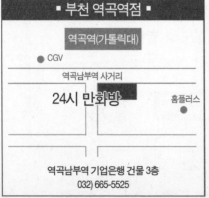

역곡남부역 기업은행 건물 3층
032) 665-5525

■ 부평역점 ■

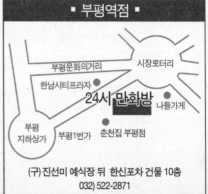

(구) 진선미 예식장 뒤 한신포차 건물 10층
032) 522-2871

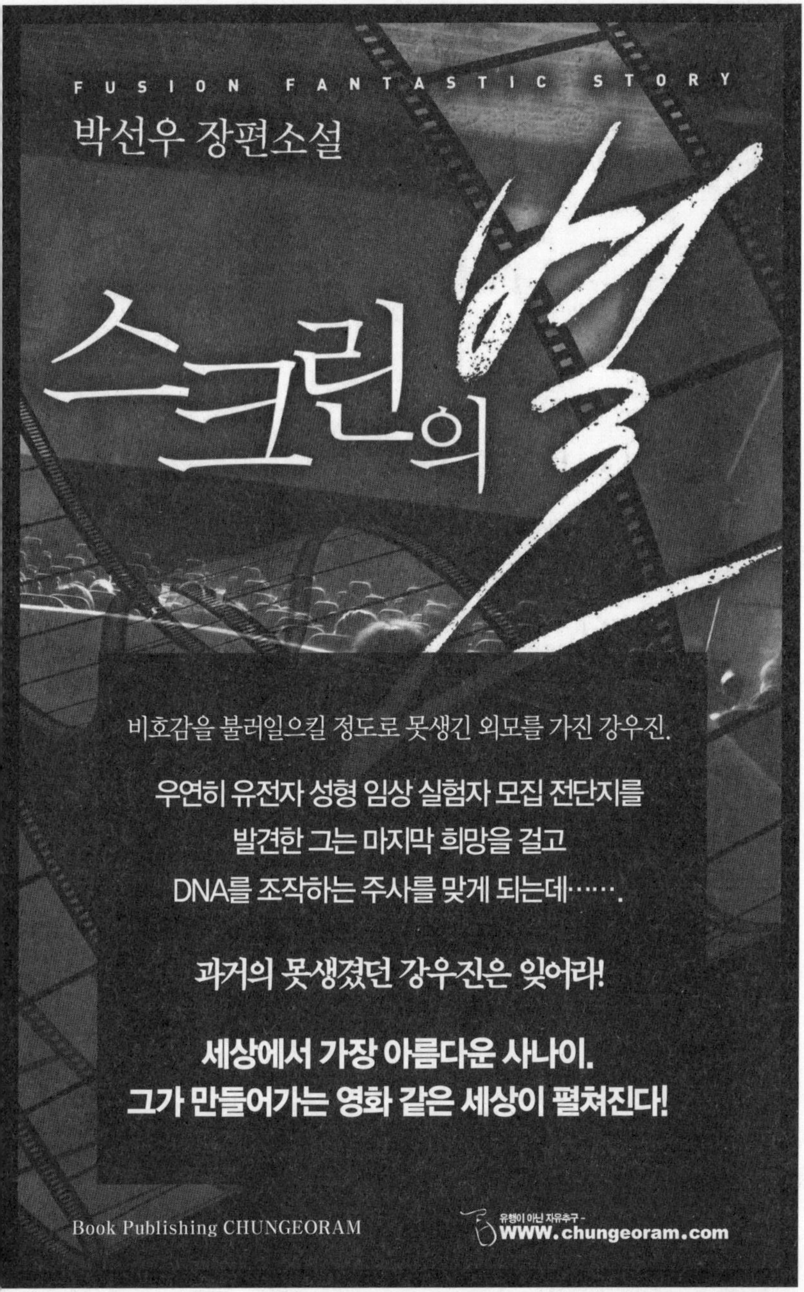
FUSION FANTASTIC STORY
박선우 장편소설
스크린의 별
비호감을 불러일으킬 정도로 못생긴 외모를 가진 강우진.
우연히 유전자 성형 임상 실험자 모집 전단지를
발견한 그는 마지막 희망을 걸고
DNA를 조작하는 주사를 맞게 되는데…….
과거의 못생겼던 강우진은 잊어라!
세상에서 가장 아름다운 사나이.
그가 만들어가는 영화 같은 세상이 펼쳐진다!
Book Publishing CHUNGEORAM
유행이 아닌 자유추구 -
www.chungeoram.com

FUSION FANTASTIC STORY

설경구 장편소설

저니맨 김태식

한 팀에서 오래 머물지 못하고
이 팀, 저 팀을 옮겨 다니는
저니맨(Joruney man)의 대명사, 김태식!
등 떠밀리듯 팀을 옮기기도 수차례.

"이게… 나라고?"

기적과 함께 그의 인생에 찾아온 두 번째 기회!

"이제부터 내가 뛸 팀은 내 의지로 선택한다!"

더 이상의 후회는 없다!
야구 역사를 바꿔놓을
그의 새로운 야구 인생이 펼쳐진다!

Book Publishing CHUNGEORAM

유행이 아닌 자유추구
WWW.chungeoram.com